ハヤカワ文庫 SF
〈SF2113〉

宇宙英雄ローダン・シリーズ〈538〉

ポルレイターの秘密兵器

マリアンネ・シドウ&ホルスト・ホフマン
若松宣子訳

早 川 書 房

7921

PERRY RHODAN
DIE WAFFE DER PORLEYTER
DER WEG DER PORLEYTER
by
Marianne Sydow
Horst Hoffmann

Translated by
Noriko Wakamatsu
First published 2017 in Japan by
HAYAKAWA PUBLISHING, INC.
This book is published in Japan by
arrangement with
PABEL-MOEWIG VERLAG GMBH
through JAPAN UNI AGENCY, INC., TOKYO.

目次

ポルレイターの秘密兵器

ポルレイターの秘密兵器

マリアンネ・シドウ

登場人物

クリフトン・キャラモン（CC）……………もと太陽系艦隊提督
アラスカ・シェーデレーア…………………マスクの男
グッキー……………………………………ネズミ＝ビーバー
ヌールー・ティンボン………………………サイバネティカー兼異生物学者
セレー・ハーン……………………………遺伝子学者
トゥルギル＝ダノ＝ケルグ…………………ポルレイターの堕落者
ヴォワーレ…………………………………謎の存在

1

恒星アエルサンが水平線に沈もうとしており、宙航士たちの前に目もくらむような美しい光景がひろがった。深紅の光が一帯に降りそそいでいる。澄んだグリーンの空には真っ赤な無数の雲が巨大な鳥の羽毛のように淡く浮かび、木々が巨大なたいまつのごとくそびえる。草原は一面金色に変わり、森林はルビー色のクリスタルの塊りになり、水面は溶けた銅の鏡のようだ。谷には濃いむらさき色の影が積み重なり、褐色から黒色へとうつりかわっていく。すぐそばで、テラのガゼルに似た生物が数頭、草をはんでいる。光につつまれ非現実的なほど美しく、金やブロンズ、紫水晶、煙水晶でできた生きた彫像のように見える……アエルサンの最後の輝きの浴び方によって変わるのだった。ポルレイターのいる建物は、この光ではほとんど見分けられない。それほど完全に周囲の地形に溶けこんでいた。

「美しい惑星ね」セレー・ハーンがしずかにいった。「ポルレイターがこの世界にとくに好感をいだいたのはよく理解できる。このきらびやかな景色が、かれらに破壊されずにすんで、よかったわ」

ヌールー・ティンボンは、《ソドム》のエアロックで彼女の隣りに立ち、考えこみながらうなずくと、つぶやいた。

「平和な光景だ。自分のいる場所を忘れてしまいそうだ……」

「忘れないほうがいいぞ」と、からかうような声がテレカムから聞こえてくる。「でないと、あのいまいましいポルレイターに、いきなり息の根をとめられるかもしれない」

「あなたは……閣下は、われわれを監視しておられるのですか？」ティンボンは無愛想にたずねた。まず、ばかていねいな言葉を使うのに気が進まず、さらによけいな口出しをされて腹をたてたのだ。「いまは、ほかに考えるべきことがあるでしょう！」

「まさにそのとおり」声はいやみのこもった調子で答えた。「それはきみも同様のはず。どうかすぐに司令室にはいってもらいたい！　このエアロックに、なにか用事でも？」

「例のケラクスがあらわれないかと見張っているんですよ」ティンボンはしぶしぶ説明した。「外に動物たちがいるのが見えますか？　あの動きから、ポルレイターはそばにいないと推測できます」

「分別と思考力のある部下は高く評価しよう」と、猫なで声がいった。「それに、みずからイニシアティヴを見せる者も」声はしだいに皮肉まじりのきつい調子に変わっていく。「ただし、わたしが認めるのは、いまあげた三つの特性をすべてそなえている者に対してだけだ」つづいて声は辛辣にいいはなった。「わたしにもあの動物は見えるが、そのためにエアロックに行く必要などない。スクリーンで確認できるのだからな。きみもその機能は耳にしたことはあるだろうが！」

「この人、いったいなにをもとめているの？」セレー・ハーンが怒った。

「この人はな」それを聞きとがめた相手は平然と答える。「そろそろスタートすべきだという意見なのだ。ポルレイターの出現を見張ってもまったくむだだと確信している。ケラクスに宿る存在は、われわれのシュプールを見失ったか、あるいはすでに艦内にいるかのどちらかだ。いずれにしても、エアロックからは監視も阻止もできん」

かちりと音がした。セレー・ハーンとヌールー・ティンボンは意味ありげに顔を見あわせた。提督がスイッチを切ったのだ。

アエルサンは水平線に達していた。惑星ユルギルの景色は最後に燃えるように輝いたが、微光をはなつ綿のような雲のあいだでは、すでに星々が光っていた。ここは球状星団M‐3の中心に近い。夜もほとんど暗くならず、ただ色が変化するだけだろう。

「行こう」ヌールー・ティンボンが嘆息した。「たしかに、かれのいうとおりかもしれない……しかしそれでも、もうすこし、ものいいに配慮できるだろうに」

ふたりは緊張して、クリフトン・キャラモンの次の言葉があるのではないかと待ったが、そのような好意がしめされることはなかった。

「なぜ、かれはどうしても惑星ズルウトへ行きたがっているのかしら？」セレーは、司令室へ向かいながらいった。

「〝秘密兵器〟のためだ」ティンボンがつぶやく。「自身は認めないが、わたしは確信している」

「秘密兵器のためだけではないわ」セレーが反論した。「ほかにまだなにか、かくしている。ヴォワーレよ！」

「いつかその言葉をかれはいっていた。だが、どういう意味だろう」と、ティンボン。

「ポジトロニクスで調べたんだけど、この言葉はさまざまな言語に見られるわ」セレーが説明する。「意味は〝気づく〟や〝見る〟から、〝警戒〟や〝監視者〟というのまであった。錯覚、幻覚、空想という意味もふくむし、偶像とか理想といったものもあらわすの。多彩な選択肢があるのよ」

「違うと思うな」ティンボンが慎重にいった。「われわれにとり、選択肢はひとつだ。ヴォワーレというものが、ポルレイターにとってとくに重要だという考えを前提にしなくてはならない。ヴォワーレは多義的ではなく、限定されるんだ。強者の言語での翻訳は？」

「そこにも、さまざまな可能性がある」セレー・ハーンは考えこみながら答えた。「強者の言語はとても複雑だけど、三つの分野に分けられるわ。いちばん多いのは、行動や状況や特性をあらわす中立的な言葉ね。一般的に原形で使われるけれど、発音のニュアンスを独特にしたりアクセントをつけたりすることで、意味はネガティヴにもポジティヴにも、その中間にもなる。だけど、はじめからどちらかに決まっている言葉もあるの。たとえば、サディズム、戦争、殺害はただネガティヴな意味しかなくて、反対に、誕生、死、理解、愛は、ポジティヴな意味にだけ使われる」

「それで、ヴォワーレはどの分野の言葉なんだ?」

「この言葉は、これまで記憶バンクに入力されていない」セレーは憂鬱そうにいった。

「しかし、たったいま、きみがいったように……」

「わかってるわ」セレーはいらだってうけながした。「だけど、あれは推論だったの。強者の言語について、わたしたちはほとんど知らない。ヴォワーレは、ポジティヴな言葉のグループに属していると思うけれど、確信はできない。考えたところで、無意味だと思うわ」

「どうして?」

「いろいろな推論から、この言葉は、特別な状態や能力をしめすとしか思えないからよ」セレーはためらいながらいった。

「理論はもういい！」ティンボンは息巻いた。「きみ自身はどう解釈しているんだ？」

「愛よ」セレーはしずかに答えた。「しかも、最高に純粋なかたちの愛。こんどはわたしから質問するけど、どうしてそれが〝秘密兵器〟の概念にあてはまるの？　誤りがあるにちがいないわ。わたしはどこかで間違った解釈をしているのよ」

ティンボンは考えこんでセレーを見つめる。

「そうかもしれない」と、ようやく困惑したようにいった。それから突然、立ちどまった。自分たちがきた方向を向き、驚いてたずねる。「われわれ、エアロックを閉めただろうか？」

「もちろんよ！」セレーはとっさに答えてから、ためらった。「それとも違ったかしら？　わたしたち、どうしたの？　いったい、あそこでなんの用事があったの？　こんな状況だというのに、ユルギルで沈む恒星を見るだけのためにあそこに行ったなんて、どうしてそんなことを考えたのかしら？」

ティンボンは、驚いてセレーを見つめた。集中して考えなくてはいけないかのように、額をこする。しかし、数秒後に怒ったようにかぶりを振り、つぶやいた。

「謎でもなんでもない。われわれだって人間だ。ユルギルはきわめて美しい惑星だから、スクリーンで色彩の戯れ（たわむ）がはじまったのがわかると、この目で見たいと思った……スクリーンでではなく。異論をさしはさむ必要などあるだろうか？　それに……われわれは司令室では無用だった。準備はほかの三名がひきうけてくれたし、三名にはロボットがあればよかったんだ。なぜ、われわれがあそこでぼんやりすわっている義務があった？

それに、いまポルレイターは近くにいないと確信している」

「いるわ、たぶん」セレーが不安そうにいう。

「なにがいいたい？」

「きて！」セレーはささやいて、ティンボンの腕をつかんだ。「なんとなく感じる……急がないと！」

「おい、そんなにあわてるな！」ティンボンが文句をいった。「いったい、どうしたんだ？　なんの話をしている？」

セレー・ハーンは答えず、長身で黒い肌の男をひっぱる。男は理由もわからず、ついていった。

＊

奇妙な感覚だった。巨大戦闘艦《ソドム》の司令室はあわただしさにつつまれていたが、閑散としている。クリフトン・キャラモン、グッキー、アラスカ・シェーデレーアは、この大きな部屋にほぼ存在しないも同然で、忙しく動くロボットたちとならぶと、失われた地位にしがみつく奇妙な文明の代表者たちのようだった。このあわただしさはまずなによりロボットと、そのほかの技術機器がつくりだしている。

《ソドム》は、ゆうに千六百年は格納庫に保管されていた。艦になんの変化も生じさせないまま、時が過ぎさったわけではない。それも、かれらがまだユルギルにとどまっている理由だった。そもそもすぐにスタートしたかったのだが、この条件ではそれはきわめて無思慮だといえた。そこで、艦を格納庫から搬出し、ロボットが必要な作業を終了するのをがまんして待っているのだった。作業を終えても、《ソドム》は球状星団M－3を縦横無尽に航行できる宇宙船には遠くおよばないだろうが、近隣の惑星への短い航行はできそうだった。

修理はほぼ終わりに近づいていた。一部の損傷は処理できないままだったが、それでも航行は可能だ……と、ともかくキャラモンは主張した。セレー・ハーンとヌールー・ティンボンが司令室にはいると、ちょうどこの問題について議論がはげしくかわされていた。

「《ソドム》なら、できるとも！」キャラモンは力強くいった。

「だれもできないとは、いってないぜ」グッキーがかわす。「だけど、艦載艇のひとつを使ったほうがよかないかい？　このでっかいやつでズルウト上空に姿をあらわしたら、悪者だと思われるよ」

「あそこには、もはやだれもいない」

「どうして、そんなにはっきりいえるんだい？」

「ダノのおかげだ。かれは、情報をたっぷりこの頭にのこしていった」

「あのポルレイターを信頼できると思ってんの？」ネズミ＝ビーバーは疑り深くたずねた。「あいつはぜったいに頭がまともじゃないし、それはべつとしても、新モラガン・ポルドのほかの四惑星で起きていることを知るわけがないぜ」

クリフトン・キャラモンは考えこむようにイルトをじっくり眺めてたずねた。

「いったい、どうしたのだ？　わたしがなぜ《ソドム》を置いていきたくないか、いつもならとっくにお見通しだろう。わたしの気持ちが変わる見込みが皆無なことも」

「想像はつくよ」グッキーは暗くつぶやいた。「あんたの頭のなかには、古臭い伝統が渦巻いている。あんたは自分の艦を見殺しにできないんだ……本当にがらくたになってしまうまでは」

「そのとおりだ」テラナーはうなずいた。「だが、その答えは充分ではないな」

そういうと同時に、こうも考えた。

いつからおまえさんはそれほど頭がにぶくなったんだ、ちび？　脳がすこしさびついたのか？

グッキーから〝飛び方のレッスン〟をうけても、CCが困惑することはないが、いま考えたような強烈な言葉に対しては、なにか反応があると思われた。しかし、そうするかわり、ネズミ＝ビーバーはどうでもかまわないといいたげに説明した。

「ぼかあ、いつもだれかの思考をかぎまわってるわけじゃないからさ！」

ＣＣはぎくりとした。まさに、とりつく島もない答えに思えたのだ。グッキーらしくない。おまけにグッキーは向きを変えて、それ以上なにもいわずによちよち歩いていってしまった。

「あいつは、虫の居どころでも悪いのか？」クリフトン・キャラモンは大声でいった。

「なにか知っているかね、ミスタ・シェーデレーア？」

アラスカ・シェーデレーアは提督の口調にもしだいに慣れてきたが、まだ居心地が悪い気がしていた。

「いいえ」と、もぞもぞ答える。「時がきたら、説明するでしょう。しつこくたずねてもむだです」

「だれに向かって、そんな話をしているのだ？」ＣＣは軽く皮肉をこめていった。「わたしは、グッキーのことを充分よく知っている」

ＣＣは向きを変えて、セレー・ハーンを見つめた。彼女は制御コンソールにいき、《ソドム》の倉庫を詳細に調べている。

「遠足は終わったのか？」と、親しみをこめてからかうようにたずねた。

「ええ」そっけない答えが返ってくる。

キャラモンは嘆息して彼女に近より、小声でいった。

「遺憾ながら、いっておきたい。開けっぱなしのエアロックに、あんなに長くいるのは理性的でないぞ。ポルレイターに攻撃されたら、どうするつもりだったのだ？」

「攻撃なんてされませんわ」セレーは断言した。「どうしてわたしたちを攻撃する必要がありますの？　かれの目的はあなたです。はっきり申しますが、そんなにたやすくは逃げられませんよ」

「ズルウトまで追ってくるのはむずかしいだろう」キャラモンはそういうと、軽く皮肉をこめる。「徒歩では無理だな」

セレーはキャラモンを怒って見つめ、

「わたしのことをばかだと思っているのですね？」と、不機嫌そうにきいた。

「それは違う」あわててキャラモンは否定した。「まったく反対だ。だが、いまは、きみのしていることの意図がわからない」

セレー・ハーンは《ソドム》の周囲をうつすスクリーンをさししめし、小声でいった。

「わたしたちは数時間前からここにいます。こんなに長く手出しをされないなんて、不思議ではありませんか？　わたしたちを《ソドム》からひきはなすため、相手はあらゆる手を打ってくると思っていましたが、身をひそめたままです」

「それで不安になっているのか？」

「ええ、とても」セレーはまじめに答えた。「ズルウトになにがあるのか、教えてください」

「まず、中央制御ステーションだ。なかにはいり、正しく操作すれば、新モラガン・ポルドをかこむバリアが消える」

「なるほど」セレー・ハーンは考えこみながらつぶやいた。「そうすれば、ペリーがようやくこの施設を近くから観察できるのですね」

キャラモンは一瞬、唖然としたようだった。大執政官をファーストネームで呼ぶなど、いまだに不作法に感じる……とにかくそうなのだ。だが一方、ペリー・ローダンはもはや大執政官ではない。時はうつりかわったのだ。クリフトン・キャラモンは、自分は時代遅れだと自覚していた。歴史は自分の上を通りすぎていき、それと折りあいをつけるのは困難だった。しかし、いずれうまくいくと、疑いもせず信じていた。

「中央制御ステーションは、いま考えている目的地のひとつにすぎないでしょう」セレー・ハーンがもの思いにふけっているクリフトンに向かっていった。「あそこにはほかにも、なにかがある。あなたはそう話していました」

「秘密兵器のことか?」

「そうです」

キャラモンは破顔した。

「それはおそらく見つからないだろう。もし発見できたとしても、使い方がわからん。ポルレイターの技術は異質で、理解するのが困難なのだ」

「あなたにとっても？」

キャラモンは思わず自分のからだを見おろした。ポルレイターがこのからだに宿る目的で、決定的な処置を施したことはわかっている。キャラモンの心臓はとりのぞかれ、かわりに技術機器が埋めこまれ、新陳代謝はべつの機械によって調節されていた。相対的不死の身となったのだ。だが、そのしくみはまだわかっていない。

ほかのポルレイターの装置についても、似たようなものだった。キャラモンはそれを見て、用途も使用方法もわかっていたが……その深奥は謎のままだった。

「なぜ、倉庫を点検しているのだ？」キャラモンは話をそらした。

「トゥルギル＝ダノ＝ケルグのことがあるからです」セレー・ハーンはしずかにいった。

「ケラクスに宿るポルレイターがすでに《ソドム》艦内にいるのではないかと疑っているのです」

「ケラクスは体長がゆうに二十メートルはある」キャラモンが口をはさむ。「見逃すはずがない」

「わたしはそこまで確信がありません」テラナーの女はつぶやいた。「わたしたちは搭載艇を使うべきです。スペース＝ジェットが最上ですわ。すくなくとも、あの怪物ははいれませんから」

「《ソドム》は放棄できん！」キャラモンは断固としていった。「ポルレイターなど恐れていない。ここにくるがいい！」

啞然としたセレー・ハーンに見つめられ、キャラモンは目をそらした。理解してはもらえないとわかっている。彼女は結局のところ、〝硬直の霊堂〟で眠っていたことがなく、ダノという生物が情け容赦なく自分の精神にはいりこみ、周到に用意して肉体を乗っとろうとしたのも共体験していない。そういう生物に自分をゆだねるのがどういうものか、わからないのだ。

クリフトン・キャラモンはそのときのことを思いだし、恐怖におののいた。それほど当時は絶望していた。状況を知ったときの刻一刻が、苦痛をともなう記憶としてのこっている。

ダノのことは憎いが、同時に、この憎悪がポルレイターを阻止するのに適した手段ではないこともわかっていた。しかし、CCはごくふつうの人間で、感情を切りはなすことは不可能だった。ダノと戦うことになるだろう……自身のアイデンティティをたもつために必要だからというだけでなく、非常な屈辱をうけたためだ。ダノには、感覚のない生物のようにつねにあつかわれた。ポルレイターはキャラモンの肉体をただの道具として考えていたのだ。かすかではあったが堅固なキャラモンの意識は、ポルレイターにとってはただの挑発にすぎなかった。トゥルギル＝ダノ＝ケルグが憎い……憎悪のあまり、ダノのことを考えるだけで神経の一本一本が震えはじめるほどだ。それでもキャラモンは、自分のするべきことは記憶している。ゆえに、自分が危険な道に足を踏みいれているとわかっていた。

憎しみからいい結果が導きだされたためしはない。憎しみは理性を曇らせる感情の動きだ。理性は語りかける……この惑星を搭載艇ではなれよ、ポルレイターにチャンスをあたえるな、と。ダノを出しぬくのはかんたんだ。大きすぎるからだに宿っているのだから。

外のしずけさにはクリフトン・キャラモンも気づいていたが、いかなる幻想もいだいていなかった。これは嵐の前のしずけさだ。なにかが起きる。この先に待ちかまえる危険を肌に感じる。しかし、それを避けるつもりはなかった。逆に、対決に向けて興奮していた。ダノとは明白な決着をつけなければならない。自身がそれをもたらそう……できるだけ早く。

ダノが艦内にいればいいとさえ、考えていた。

だがそれは、セレー・ハーンやほかの者には説明できないことだった。

「あなたご自身、さっきおっしゃったでしょう。かれがすでに《ソドム》にひそんでいる可能性があると」セレー・ハーンが思いださせるようにいった。

「あれは言葉のあやだ」と、キャラモンはうなるように答える。「考えてもみたまえ。ケラクスのような獣は、身をかくすのは苦手なはず。しかも宇宙艦内だぞ。ここはすべてがあまりに整然としている」

セレー・ハーンは絶望したように哄笑し、

「整然としているですって！」と、スクリーンをさししめした。

倉庫のひとつがうつっていた。そこの混乱はひどいものだった。クリフトン・キャラモンが救難インパルスに誘導され、その発生源へ向かうためM-3を通過したさい、《ソドム》は何度も震動にさらされた。艦内をあるべき状態にたもつひまが、宙航士たちにはなかったのだ。

キャラモンは背中を向け、

「スタートする」と、告げた。

「頑固な人ね！」セレー・ハーンは大声でいった。「あなたがケラクスもズルウトに連れていきたがっていると、みんなに思われますよ！」

「いいではないか」キャラモンはあっさりいった。「ともかくポルレイターは興味深い敵だ！」

セレー・ハーンはまた話しはじめようとしたが、ヌールー・ティンボンが、その肩に手を置いた。

「ほうっておこう」なだめるようにつぶやく。「かれは、なすべきことがわかっている」

「だといいけど!」

セレーは、キャラモンが操縦席にすわるのを見て、ほっと息をついた。アラスカとティンボンも自席につき、グッキーは秘密任務につくかのように司令室にもどってきた。セレーは倉庫の点検はあきらめて、自分の持ち場に集中した。《ソドム》のような巨大艦で、大勢の専門要員を欠いたまま航行するのは、かなり困難だった。ロボットでもその不足部分を満たせない。

それでもやってのけた。《ソドム》は上昇し、ユルギルの地表が遠ざかっていく。艦は大気圏の最上層に達し、宇宙空間に飛びだした。かつて宙航士たちが翔破した距離から考えると、ズルウトへは一度、短いジャンプをするだけでいい。航法も単純だ。この〝五惑星施設〟の惑星はすべて同じ平面上、同じ軸で、恒星アエルサンの周囲を公転している。そのため、ただまっすぐ恒星からはなれていけばいい。そうすれば目的地からはずれることはない。

ユルギルをはなれ、緊張が解けると、セレーはあらためて観察スクリーンのスイッチをいれた。キャラモンに見せた倉庫を確認する。相いかわらずの混乱状態だ……いや、むしろひどくなっていた。室内に幅三メートルほどの〝通路〟が生じ、その左右に備品などさまざまなものが山のごとく積み重なっていたからだ。環状通廊につづくハッチが開いている。そのとき、ケラクスの赤褐色のとがった尻尾の先が、ハッチを通りすぎていくのが見えた。

驚いて声をあげたセレーに、キャラモンが目を向け、

「どうした？」と、不機嫌そうにたずねた。

女テラナーは悪態をなんとかのみこみ、べつのカメラのスイッチをいれ、うなるようにいった。

「ご自分で見てください」

ケラクスが鮮明にうつる。巨大な虫のように通廊で身をくねらせていた。

「あなたが招いたのですよ」セレー・ハーンが苦々しくいった。「やっかいな問題をかかえこんでしまったわ」

2

トゥルギル＝ダノ＝ケルグは、自分の生け贄のことを充分に知っていて、クリフトン・キャラモンの反応はわかると考えていた。間違うはずはないように思われた。ただし、キャラモンの事態の進め方の冷徹さにはいくぶん驚いたが。

あのテラナーは、トゥルギル＝ダノ＝ケルグがかんたんに目的をあきらめないのを知っているにちがいない。どんなに考えても、ダノに生け贄を逃すゆとりはない。キャラモンは、ポルレイターにとって唯一のチャンスなのだ。

ケラクスの肉体は死につつある。それはもはや変えられない。ダノはこの野獣を充分に生きながらえさせた。ケラクスに許された通常の生命よりも、かなり長い。このからだにはあちこち手をくわえたため、こうした生物にあたえられる命の最長期間に達していた。しかし、いまや限界だった。

この危機的な状況を、まだすこしはひきのばせるかもしれない。自身はこのからだから、将来の維持に必要なエネルギーを奪いとった。そうやってキャラモンに集中し、統合を可能にする〝精神の置き場〟をつくりあげてきたのだ。しかし、遅かれ早かれ、最期の時はくるはずだった。

ケラクスは死ぬ運命にある。前からわかっていたのに、それを認めざるをえなくなると、ダノは狼狽(ろうばい)した。ポルレイターの技術を用いても、このからだを半永久的に維持するのは不可能だ。それでも、ケラクスの死は緩慢に訪れる。その過程は、ポルレイターの年代計算で、すでに数世紀にもおよんでいた。

ダノは、生きた死体のなかで朽ちていくような感覚をおぼえた。宿主の身体機能とのつながりが強くなりすぎないように気をつけていても、たしかな現象に注意が向くのを防ぐことはできなかった。死や腐敗が自分をとりかこむのを感じる。あらがっても無意味だとわかるだけの賢明さはあった。

それでも努力はしたのだ。ユルギルには必要な道具がそろっていた。ケラクスのからだは、すくなくとも一度は交換した組織だらけだった。それが成果をあげたことは実証されたが、それでも確実に終焉に近づいていた。

トゥルギル＝ダノ＝ケルグは、その原因を悟っていた。交換するごとに、組織の強度は一見たもたれるようだが、欠損が生じるのだ。それはさしあたり害がなさそうに見えるが、しだいに累積し、いまやのこっている部分も調和を失う危機に瀕している。ユルギルで保持していた超心理エネルギーも、数時間前に消えた。これは超心理バリアの存在とは関係なく、ケラクスの損傷したからだと、自身が弱っているせいだと考えた。

ケラクスは死にかけている。とくに強くそれを感じるのは、はてしなくつづく時間のあいだ、休むことのないダノの精神が睡眠を必要としない一方、このからだにはやむをえず休息をあたえているときだ。この数時間、外界との交信はほとんど遮断されていて、ケラクスの感覚器官はなんら情報を伝えてこない。そのため、ダノには選択肢はふたつしかのこされていなかった。現実への思考をすべて捨てさり瞑想するか、眠るケラクスが伝えてくるインパルスに心を開くか。

このごろは瞑想もむずかしく、ケラクスのからだに生じていることに、ますます注意を向けざるをえなかった。変化を感じ、もはやなにもできないと悟るのは、いやなものだ。この不充分な外被が死にかけているのを感じると、狂気におちいりそうだった。しかも実際、外被はすでに死を迎えているのだ。ポルレイターの意志だけがまだ、このからだを反応させ、動かしている。からだを借りているこの生物は、通常の意味では知性は皆無だが、その欲求は明確すぎるほど伝わってくる。ただ横たわり、死をうけいれたいのだ。まさにそれこそ、ダノがこの宿主にさせてはならないことだった。

自分の行動を後悔するときもあった。生きた有機体と統合することを禁じる、ポルレイターのあの不文律は、理由なく存在するわけではないのだ。植物のような生命体を選ぶのも、違法すれすれの行為だった。

トゥルギル＝ダノ＝ケルグが知るかぎり、進行中の試験を敢行して動物のからだを選んだのは、自分とふたりの兄弟だけだった。それは後悔していない。そうして決断したおかげで、行動性をたもち、一定の範囲内で運命をおのれで決定することができたからだ……きょうまでは。

いま、ダノの唯一かつ最後の希望は、クリフトン・キャラモンだった。まだ自分の活動体の崩壊前に、この生け贄のなかに精神の置き場をつくりはじめた。自分の特徴、知識、精神の大部分をキャラモンに植えつけたのだ。これで、肉体には移動することが可能になった……しかし、その前に、キャラモンの防御を突破し、その意志を屈服させる必要があった。それは困難なことだった。

ある理由によって、キャラモンはダノにとり対等な相手となったからだ。ダノはケラクスとの経験から学び、キャラモンやほかの宙航士を充分に観察していた。準備し、将来の外被をほぼ不死身にした。半永久的な命を得るのだと認識すれば、敵の抵抗力も弱まり、困難はのぞかれると見当をつけたのだが……まったく逆の展開となった。

違う状況であれば、トゥルギル＝ダノ＝ケルグはほかの生け贄を選択しようとしただろう。しかし、それは不可能だった。宿主になりそうなからだがほかにあったとしても……それはいまは完全に仮定にすぎないが……その相手に宿るのは無理だっただろう。つねに統合可能なのは、活動体だけだ。ダノの活動体はもはや存在しないし、代替物の調達もできない。キャラモンを確保できなければ、ケラクスとともに死ぬしかない。活動体を破壊して以来、この事実をつねに意識していて、そのせいである種のパニックが心に生じていた。このパニックは、キャラモンの意識が統合に抵抗できると思い知らされてからは、まさに狂気となっていた。

この抵抗を突破するにはどんな方法があるだろうか？

すでに数々の方法をためした。〝星の石〟も、そのうちのひとつだった。しかし、数名の未知生物がキャラモンの救助に急ぎやってきて、そのひとりが〝星の石〟を破壊したのだ。生け贄と密接につながっていたダノは、用のないべつの生物たちも新モラガン・ポルドに接近中だということに、キャラモンが感づいたとわかった。さらに、キャラモンがその生物たちのために道を開こうとしていることにも気づいた。

キャラモンは激怒していた……自分を屈服させようとしているポルレイターに対する怒りにあふれて、この敵を排除する考えで心はいっぱいだった。ダノがあたえざるをえなかった情報を有効に活用し、この戦いが惑星ユルギルでは決着がつかないことを知っていたのだ。

さらに、ズルウトへ行く必要があることもキャラモンは知っていた。ズルウトに行けば、バリアを切ることができる。〝秘密兵器〟と……ヴォワーレが見つかる。しかも、〝カルデクの盾〟が保管されている。

ズルウトは、新モラガン・ポルドの心臓部のようなものなのだ。

ダノはキャラモンをズルウトに到達させるわけにはいかなかった。生け贄に情報をあたえすぎてしまったにちがいない。キャラモンは、ズルウトでなすべきことを知ってしまうだろう。あのテラナーが秘密兵器の入手に成功すれば、自分は賭けに敗れる。

一方、キャラモンの希望もまさにズルウトに向けられている……それはポルレイターも確信していた。この希望がついえれば、キャラモンはショックをうけて、乗っとりも容易になるだろう。

＊

ダノがユルギルで容赦なく攻撃したため、とうとうテラナーたちは思惑どおり、安全だと思いこんでいるかくれ場に身をひそめた。相手がそこで籠城しているあいだに、ダノはケラクスのからだを……ひょっとすると最後かもしれないが……おおいに動かした。こうして、テラナーに気づかれる前に《ソドム》に到達できたのだ。

この宇宙船について学ぶ時間はたっぷりあった。そのため、かくれ場を探しに行くべき場所もわかった。本来の生け贄は自分を探さないだろうという確信もかなりあった。

ダノが危険を感じる相手は、ほかの宙航士……とくに、驚異的な能力をもつちいさい毛皮生物だ。ただし、その能力も即刻、使えなくなるだろう。

ダノは、荒れた倉庫にかなり無造作に身をかくし、根気強く待った。野性の習慣からときどき暴れようとするケラクスをあつかうのに、すこし困難を感じたが。キャラモンとその連れが乗艦したときには、間一髪で怪物がダノのコントロールから逃れるところだった。

巨艦が動きはじめたのを感じ、ダノはすでに勝利に酔いしれていた。しかし、一瞬のち、《ソドム》はふたたび停止し、格納庫から艦が出されただけだったと悟った。すぐに忙しく働く多数のロボットに気づく。異人たちが安全策をとり、まずは艦をある程度の状態に修復しようとしているのだとわかった。徹底的に考える時間はまだありそうだ。

ケラクスをおちつかせて、思いをめぐらしていると、どんな犠牲をはらってもズルウトに到達しなくては、という強い思いが湧きあがった。すでにわかってはいたが、ようやくいま、危険にさらされているものが明白になったのだ。

ポルレイターたちが……方法はなんであれ……牢獄から逃れたのはわかっている。かれらは新モラガン・ポルドへ向かうための輸送船を要請したが、船は呼びかけに応えられなかった。みずから新モラガン・ポルドにのこったあと二名のポルレイターのうち一名が、輸送船の関係施設をかたっぱしから破壊したからだ。バリアの向こうでは同胞たちが待っていると、ダノはわかっていた。自分たちだけではないが、それがなんだ？　カルデクのテラナーのような生物など、ポルレイターはかんたんに意のままにできる。

盾を得られさえすれば。

自分の課題は、バリアをとりのぞき、仲間のために道を開くことだ。一瞬、ほかのポルレイターたちの怒りを買うだろうという思いがよぎった。自分は規則に反してケラクスを宿主に決めた。さらに、キャラモンを乗っとるという、ひどい過ちを重ねようとしている。

しかし、危機的状況におちいったら、だれがそんなことを気にするだろうか？　危機はきっと訪れる。新モラガン・ポルドに未知の者たちが侵入するだと！　考えられない……

冷静に行動しよう、と、ダノは考えた。自分が艦内にいると、異人に知らせることはない。ズルウトで襲いかかればいいのだ。

考えているあいだに《ソドム》は出発し、同時にケラクスが動いた。ダノは、また間違いをおかしたことに気づき、驚愕した。宿主のコントロールを部分的に失ってしまったのだ。ケラクスはまったく自由に……あるいは、ほとんど自由になり、本能のおもむくまま反応している。

ケラクスはかくれ場を出た。かくれる必要などない。ユルギルのどんな動物よりも強く、優劣を競うような敵はいないのだ……ケラクスの世界と、その経験の範囲内では。ケラクスに知性はなく、〝誇り〟や〝威厳〟などの概念にもとづいた行動はしない。だがそれでも、ダノが宿る獣はなぜか、自分が変則的に行動していると理解したようだった。身をひそめてじっと待機などしたくないのだ。

ポルレイターが事態を把握するより早く、ケラクスはすでにがらくたをはじきとばしながら、短い四本足で立ちあがった。旋風のように室内を駆けぬけ、機器をかきわけ、大きな通り道をのこした。

シュプールを消すことはできた……しかし、作業には時間が必要だ。それも、そうとうな時間が。テラナーは疑念をいだき、ケラクスのサイズを考えて、とくに倉庫に監視の目を向けるだろう。こちらに気づかないことなど、ありそうもない。

この状況下では、自分がたてた計画どおりに進まないだろう。《ソドム》がズルウトに到着するまでかくれて待機し、気づかれないうちにすばやくカルデクの盾を入手して勝利するつもりだったが……不可能になった。攻撃しなくてはならない。

すぐに気持ちを切りかえた。ケラクスは、ダノが自分の本能的な行動をすくなくとも一部、容認しているのを感じ、ふたたび素直にからだをあつかわせるようになり、長くはダノに逆らわなかった。

ポルレイターと獣は一体となり、以前よりバランスがよくなり、関係性が豊かになっていた。おたがいに死が迫っていたせいかもしれない。ダノは、ケラクスから独立した部分がどれだけあるかを忘れ、突然、宿主の原始的な動きをうけいれ、理解できるようになっていた。

両者の目的は同じだった。生きたい、どんな犠牲をはらっても。もちろんケラクスにチャンスはない。ダノがからだをはなれれば、すぐにその命は終了する。ポルレイターの〝保存能力〟のおかげで、この巨体はこれほど長い時間を生きのびられたのだ。ケラクスには抽象的思考を追う能力はなく、本能にしたがっていた。しかし、ダノは突然、自分の本能もケラクスのそれと本質的には変わりないと悟った。生きのびたい。掟や、教えこまれてきたあらゆるためらいを忘れさった。

キャラモンを手にいれなくてはならない。あの男は最後のたのみの綱だ。ケラクスのからだが死ねば、ダノの精神も永久に失われるだろう。この運命から逃れる方法はただひとつ。獣が最期を迎える前に、この巨体をはなれてキャラモンを乗っとるのだ。

キャラモンはそのような乗っとりに抵抗するだろう。これまでポルレイターはキャラモンに敗北を喫している。この数日間、キャラモンと毛皮生物について、ペリー・ローダンという名の生物と太陽系艦隊について、知ったことを考えた。それらを総合すると、確実な結論が導きだされた。キャラモンの驚くべき抵抗力は、きわめて単純な概念にもとづいている。希望だ。

キャラモンはつねに、だれかの救助があるだろうという希望をいだいてきた。毛皮生物、太陽系艦隊、なかでもとくにペリー・ローダンをたよりにしていた。いつか、だれかが発見してくれると信じていた。新モラガン・ポルドに到着してからどれだけ時が過ぎさるとしても、まったく気にしていない。

いま、ようやくキャラモンは優位に立ったのだ。待望の太陽系艦隊はもはやなかったが、毛皮生物がいて、ペリー・ローダンがバリアの向こうで待っている。キャラモンはただバリアを無力化すればいい。そうすれば、必要なだけ救援を得られる。そのような威力を前にしてチャンスはないと、ダノは悟っていた。カルデクの盾に接近し、ヴォワーレを呼びだして秘密兵器を入手できれば話はべつだが。うまくいけばその後は、新モラガン・ポルドの境界の向こう側で待機しているあの艦隊も、もはや手出しできないだろう。

キャラモンはカルデクの盾についての情報を持っているだろうか？

この疑問を、ダノは残念ながら肯定せざるをえなかった。カルデクの盾についての知識は、とくに重要だと考える点のひとつだ。そのため、おそらく、すでにキャラモンに一部を埋めこんでいる。キャラモンがカルデクの盾を手にいれたら、難攻不落になるだろう。ダノでさえも、もはや接近できない。

代替案がひとつだけある。艦が惑星ズルウトに到達する前にキャラモンを乗っとるのだ。問題のものがある〝貯蔵所〟の付近にまでも、接近できるチャンスをあたえてはならない。

ポルレイターが頭のかたすみであれこれ考えるあいだ、ケラクスはテラナーを探していた。目的地の発見はむずかしくない。《ソドム》は……ダノの考えによると……比較的、原始的な生物が建造した艦だ。こうした艦の場合、司令室を探すべき方向は決まっている。

3

「あいつがこっちにきます」ヌールー・ティンボンが不安そうにいった。

「ハッチを閉めるぞ」クリフトン・キャラモンが決断をくだした。「ポルレイターが強引にここに侵入することはないだろう。力ずくになれば、生存に必要なものを壊しかねない」

「向こうにも同じような思考が働くといいのですけど」セレー・ハーンが辛辣にいう。

「あのポルレイターには、いつ驚かされても不思議はありません」

「かれは自分の命に執着している」キャラモンはきっぱりいい、スイッチをいくつか押した。

艦のあちこちの重要な部分で、大きな保安ハッチが閉じた。通常は、空気漏洩(ろうえい)といった類(たぐ)いの危機から艦内を守るために使用するので、獣を退却させるにはそれほど役にたたない。

すでに証明されていることだが、〝知性を持つ〟獣があらわれて攻撃してきた場合、持ちこたえられるような構造ではない。実際に一分もしないうちにあらわれた。「かれは開閉メカニズムを探しだしました。なにか新しい方策を考えなくては」アラスカ・シェーデレーアが小声でいった。

クリフトン・キャラモンは急いで振りかえった。

「グッキー！」と、はげしい口調で呼びかける。

ネズミ＝ビーバーは、この瞬間まで見つめていた制御システムから不愉快そうに顔をあげた。

「なんだい？」明らかに退屈そうに答える。

キャラモンは最初に開いた保安ハッチがうつるスクリーンをさししめした。

「ほかのハッチの動きをとめろ！」と、命じる。「封鎖するのだ」

「どうやって？」ネズミ＝ビーバーは皮肉な口調でいった。「ぼくの一本牙をそこにつっこんだら、役にたつのかい？」

「くだらない話はやめてくれ！」キャラモンがうなる。「きみは、こういうことは何度も……」

そこで言葉がつかえた。しだいに、グッキーの行動の奇妙さに気づきはじめたのだ。いつもならイルトは自発的に処置を講じているはず。たとえ、とほうにくれているのだとしても……それはキャラモンにはまったく想像もできないが……CCの思考から、イルトは必要な提案をすべて読みとっていただろう。

クリフトン・キャラモンは一瞬、目を閉じた。ユルギルで、グッキーは突然、テレポーテーションができなくなった。ダノがあらゆる超心理行動を妨害するような古い機器を作動させたせいだろうと推測された。この謎の機器の影響範囲、つまりユルギルを脱出すれば、妨害の効果はなくなるだろうとCCは考えていた。

どうやらそれは誤った判断のようだった。グッキーの能力への妨害はユルギルに限定されていなかった。きっと新モラガン・ポルドには、超能力を持つ生物の存在を記録したら、その侵入者を星系全体において麻痺させる自動装置があるのだ。

いずれにせよ、グッキーは力を封じられた。それとも違うだろうか？

「われわれの思考を読むことができるか？」

キャラモンがたずねると、グッキーは視線を避けてぼそりと答えた。

「だめだ。で、きかれる前にいっとくと、もうなんにもできない。ぼかあ、きみの目の前にいる姿のまんまだよ」

驚いたキャラモンはグッキーを凝視し、こんなネズミ＝ビーバーの姿を見るのははじめてだと考えた。かれのことはよく知っており、グッキーの友であることをたびたび自慢していたが、イルトとその超能力は切っても切りはなせないものだと思いこんでいたと、いまようやく気づいたのだ。グッキーが無力な生物になりうるなど、想像もしなかった。

キャラモンは周囲を見まわし、自嘲ぎみに考えた。

さてどうする、提督どの。貴官の部隊は特別な戦力を失ってしまったぞ！

アラスカ・シェーデレーア、すなわちマスクの男は、数々の試練を乗りこえてきた。たとえ戦闘は好まないとしても、必要なさいの戦い方は心得ている。長身のアフロテラナー、ヌールー・ティンボンは、クリフトン・キャラモンよりも身長はあるが、瘦軀でほとんど華奢といってもいい体格だ。武器はあつかえるが、本来の意味での戦士ではない。では、セレー・ハーンは？

キャラモンは幻想はまったくいだいていなかった。セレーも戦うことはあるかもしれないし、それをすでに証明している。しかし、彼女は……ほかの者と同じように……キャラモンにはよく理解できない、妄信的な平和愛好主義に感染していた。

キャラモン自身、平和を愛する人類であり、異知性体と折りあっていく心がまえもある。だが、つねに〝因果応報〟を座右の銘にしてきた。自分の感情を傷つける者は、抵抗されることを念頭におかなくてはならない。ダノはキャラモンの感情を傷つける以上のことをした。キャラモンの命を狙い、明らかにいまも決意を変えていない。同時にほかの四名も滅ぼそうとしている。ポルレイターを憎む理由はそろっていた……なのに、四名は憎むことをしない。それどころか、ダノを傷つけないような準備までしている。

ダノを遠ざけはするが、ケラクスが自分たちを食おうとするといったやむをえない理由なしに殺したくないのだ……そうなったら、遅すぎるのだが。

いまや、ネズミ＝ビーバーも問題をかかえてしまった。

クリフトン・キャラモンは両手で頭をかかえると、絶望しきって今後について考えこんだ。それから、自分がほかの者と同じように行動しようとしていると気づいた。これは伝染性なのか、と、驚く。

あえてスクリーンを見つめた。だれかがべつのカメラに切りかえていた。ポルレイターがケラクスの両手を動かし、ちょうど四番めのハッチを開いているところだ。このテンポで前進すれば、二分以内に司令室につくだろう。

キャラモンは手をのばした。なお一瞬、ためらう。《ソドム》が長いあいだほうっておかれたことだけでなく、ポルレイターが艦内装置を操作することも想定しなくてはならない。しかし、いまさらそれを考えてなんの意味があるだろうか？　終わりはいやおうなく迫っている。

センサーのスイッチに触れる。《ソドム》の戦闘ロボットが目ざめた。

＊

ケラクスの鋭敏な知覚器官が遠方で響く足音や騒ぎをとらえ、ダノは次のハッチを開く作業をいっとき中断した。獣のかぎられたちいさい脳では、この騒ぎは処理しきれない。ケラクスが不安そうに反応する。ポルレイターが音に集中したため、一瞬、獣をコントロールしていた力がゆるんだ。ケラクスはいきなり両手をひっこめ、物音がする方向に向かいはじめた。

ロボットだ、と、ダノは考えた。キャラモンが送りこんできたのだ！

ケラクスははげしく動き、ポルレイターは数秒間、力強い獣のコントロールを失った。動物は猛烈な勢いで、謎の音がするほうへ突進していく。

だめだ！ ダノの思考が怒って叫ぶ。とまれ！ 成功は目前だった。くそ、もどるんだ！

しかし、ケラクスにはとどかなかった。不安と攻撃本能につつまれ、ダノの命令が聞こえていない。

ダノは怒りで逆上しそうだった。キャラモンがいかにもやりそうなことだ。陽動作戦に出ることで、ズルウトに到達しようとしている。もちろんロボットを恐れる必要はない。ケラクスの注意をそらすために投入されただけだ。キャラモンには、本気でこちらを攻撃する気はないだろう。テラナーには危険は冒せない。ズルウトで、ひとりで解決できない大きな問題をかかえることになるだろうから。

生け贄を知りつくしているダノは、お見通しだと思った。キャラモンは頭がいい。こちらがとっくに艦内にいると推測していただろう。それでも捜索させなかった……まちがいなく、ポルレイターもズルウトに到達することを重要視しているのだ。バリアを解除できる施設へつづく道をテラナーにしめせるのは、ダノだけだから。

これまでキャラモンに殺されるような危険におちいったことはなかった。そのような危険が生じるのは、テラナーが新モラガン・ポルドの秘密をのぞき見たときだろう。そんな展開にはけっしてさせない！

絶望に襲われながら、ダノはこのすべてをケラクスに教えこもうとした。だが、そんな努力はむだだろう。音を聞いた獣はすぐに、こちらに向かってくる物体の姿を見て、ひどく血に飢えた興奮状態にいまにもなると思われた。分別を失って猛突進していく。

ダノは、よりによってこのような獣に宿ってしまった自分を呪った。そう思ったのははじめてではない。ユルギルにはほかにも性質のおだやかな生物がいたのに、なぜ、それらを選ばなかったのか？

答えはわかっている。まさにケラクスが、ユルギルで支配的な生命形態を築いていたからだ。獰猛(どうもう)さでケラクスにならぶものはない。その野性と闘争能力で、ケラクスは長いあいだ、ユルギルで優位をたもってきたのだ。

しかし、ケラクスは有機体だ。たしかに猛獣だが、このような生物にはありがちの欠点がいろいろあった。ロボットと戦った経験などない……万一あったとしても、その経験はとっくに乏しい記憶力からぬけおちている。

輝く金属体が眼前にあらわれた。このからだは、ケラクスのなかに同胞の記憶を呼びさました。ケラクスは仲間が近くにいることを好まない。子供でさえ、母親のなわばりから早々に追いだされる。ロボットはケラクスの赤ん坊よりもかなり大きい。だからロボットは同胞ではない。

獣のちいさい脳では、この輝く物体が銃を携帯していて、その銃口が恐ろしげに光っていることは理解できなかった。ダノは、跳びかかろうとして獣がからだを縮めているのを感じたが、いまの段階では深刻な心配はしていなかった。ただ、時間がむだに失われるのが腹だたしい。ケラクスのからだがのび、先頭のロボットに向かって跳んだ。

ロボットは衝突に耐えられず、ひっくりかえったが、同時に銃を発射した。ダノはケラクスの痛みを感じ、あわてて自身の殻に閉じこもる。痛みがはしったおかげで、ケラクスはまた混乱状態におちいった。ダノはこのチャンスをすかさずつかみ、今回はコントロールをとりもどすことに成功した。

これはただの事故だ、と、獣に伝える。そこにいるのはロボットだ。おまえにはなにもしない。おまえが倒したロボットは動けなくなっている。

ケラクスは痛みのあまり向きを変え、ぎごちなく動きながら、さらにロボット二体を倒した。ダノはケラクスをなだめるのに必死で、ロボットへの注意がおろそかになる。

損傷をうけた二体がすぐに銃撃をはじめたのに気づいた。だが、それはただの反射運動にすぎないと判断した。

ケラクスの目はさらにほかのものも見ていた。獣には学習能力があった。ただし、対応する学習内容が、まさに強烈なかたちであたえられなくてはならないが。

ビームと痛みのあいだに関係があることを認識したのだ。数多くのビームが迫ってくるのが見えると、ケラクスは本能的に身を縮め、うしろに跳びすさった。この瞬間、ようやくダノはのこりのロボットに注意を向けた。

ダノは、自分の目……あるいはケラクスの目……が信じられなかった。ロボットたちが密集して追いかけてくる。射撃準備もできていて……攻撃がはじまった。

もどれ！　ダノの思考が叫ぶ。

ダノの熟練した理性的な反応よりも、ケラクスの反射神経が勝(まさ)ることが判明した。ケラクスはすでにからだを緊張させ、大きくジャンプして側廊に跳びこんだ。しかし、敵のロボットたちはその動きを想定していて、武器アームを旋回させた。ダノはケラクスのからだに何度も苦痛の反応を感じた。この命も終わりだ。キャラモンとの統合までの道のりは、まだ遠い。一方、ケラクスはこの集中攻撃には耐えられない。

突然、不気味なほどしずまりかえった。ダノは疑わしい思いでケラクスの感覚に集中した。ぞっとするようなこの瞬間、死のしずけさを体験していると思った。おそらく、宿主の感覚はすでに機能していない。この外被のなかで精神がとどまっていられるごくわずかなあいだだけ、ダノは外界に接することなく生きているのだろう。次の瞬間には追いだされ、宇宙の藻屑となって消える……

大きな震動がはしり、物思いからひきもどされた。ケラクスがさらにジャンプしたのだ。いつもよりもつらそうな動きで、はげしく衝突してはうめき声がもれ、しずかな通廊に不気味に響く。ダノは射撃を待ちかまえたが、周囲にはこの手の宇宙船によくあるおちついた照明が光るだけだ。ケラクスの感覚を使い、とらえたものを、獣のかぎられた理解力がおよぶよりもすばやく徹底的に分析した。

とまれ、と、やさしく命じる。今回はケラクスに通じた。危険は過ぎさった。おまえはけがをしている……からだをいたわるのだ！

宿主のからだのコントロールを完全にとりもどした。ケラクスはその場をまわりながら、傷をなめた。この獣は数日内に死ぬだろうと。ダノは確信していた。傷は治せない。すでにユルギルから遠くはなれてしまった。対処策はすべて、脱出してきた惑星にある……あるいはズルウトに。しかし、そこに到着しても、すくなくともケラクスにとっては遅すぎるのだ。

悪かったな、と、思考で獣に呼びかける。おまえに警告しようとしたのだが。

ケラクスは応えなかった……応えたことなど一度もない。ときどき応えを得られたような気がしたが、それはただ想像力の産物にすぎなかった。それがわかったいま、ダノはケラクスと……あるいは、自分自身といったほうがいいだろうが……長い対話をする心がまえをしていた時期があったことを不思議に思った。

予期せずして、同情心が湧きあがった。なぜ生きた存在と統合してはいけないというタブーがあるのか、この短時間で理解したのだ。ケラクスは、ダノの掌中に落ちたときには動物だった。ダノはケラクスを動物としての存在から部分的にひきあげ、不死という幻想をあたえた。知性体でさえ、この幻想をあきらめるのは容易ではない。ケラクスの乏しい理解力には、完全に荷が重すぎた。ダノは動物を理解の限界まで追いつめ、動物はそれを処理することができなかった。死ぬしかないのだ。

不死という認識は、ケラクスにショックをあたえた。ポルレイターは、この思考を追求したいと強く感じた。生物に自然にそなわる自由をもうすこしケラクスにあたえていたら……そうしたら、より長く生きられただろうか？　あるいは、さらに限界をこえた先へ押しやることになってしまっただろうか？

宿主の肉体に恐ろしい痛みを感じて、ダノは考えるのを一時的にやめた。

この生物に同情をおぼえても無意味だと、自身を納得させる。自分にはケラクスが必要なのだ。キャラモンと統合する前にこの生物が死ねば、自分の命も終わる。のこる課題はひとつだけ。この獣の命を可能なかぎり、維持することだ。それがなによりも重要だ！　ケラクスがなんだ？　わたしはポルレイターであり、そうした生物として、この宇宙の存続のために重要なのだ。

自嘲、自己憐憫、辛辣なあてこすりをおぼえながら、誇りも感じ、こうつけくわえる。わたしはおそらく、すでに真のポルレイターではない。しかし、それがどうしたというのだ？　ほかの者たちはどうなった？

また宿主に集中する。

ケラクスはまだ傷をなめている。ダノは用心して、この本能的な動きに手出ししなかった。動物は、この瞬間にすべきことを熟知している。これまで数多くの戦いを経験したのだ。

ただ、今回はまったく違うと、ダノだけは知っていた。傷は肉深くまで達していたが、致命傷ではない。それよりずっと重大なのは、ダノ自身も負傷したように感じている事実のほうだ。

キャラモンは自分を殺さないだろうと、ダノは確信していた。キャラモンに必要とされている……と、すくなくとも信じていた。しかし、勘違いだったと悟る。

相手はすでに充分ポルレイターの秘密を理解したと思っているようだ。ダノがいなくても目的地に到達できると錯覚している。テラナーはかならず失敗すると、ダノはわかっていたが、そんなことを理解していてもほとんど無意味だ。新モラガン・ポルドの秘密などどうでもいい。自分はただ生きのびたいのだ。

ロボットはなぜ戦闘を中止したのだろうか？

答えは不明だ。かわりに、正確にわかっていることがある。もう一度こんな戦闘に遭遇したら、ケラクスは生きのびられないだろう。

ダノはケラクスを立たせた。獣は不承不承したがった。失血し、傷は動くたびに痛む。しかし、ここにとどまってはいられない。すぐに探しだされてしまうし、この通廊で寝ていても、からだはよくならない。栄養と水分、なによりも治癒力のある恒星の光が必要だ。それらを得られれば、破壊された組織をすくなくとも部分的に回復できる。

ケラクスは苦労しながら、トゥルギル＝ダノ＝ケルグがしめす方向に向かって這った

……さらなるロボットがかならず待ちかまえている、艦の中心部からはなれるのだ。ズルウトに着陸するまで、かくれていられればいいが。着陸したら、テラナーたちより先に急いで外に出よう。それを可能にするには、着陸前にタイミングよくエアロックに到達していることが必要だ。テラナーは着陸準備に忙しいだろう。すくなくとも、ケラクスの追跡に集中する時間はないはずだと思いたい。

目的地につくと、ケラクスが力なく倒れるにまかせた。いまはしずかに休んだほうがいいだろう。どちらにしても、かたづけるべき重要なことがある。とにかくキャラモンを、カルデクの盾に最初に到達させてはならない。ダノは慎重に、生け贄にあらたな情

報を伝えた。キャラモンはそれには気づいていなかった。

＊

「そんなことをしてはいけません！」セレー・ハーンは、キャラモンがロボットを動かしたのを見て、驚いて大声を出した。

「なぜいけない？」ＣＣが唖然とする。

セレーは非難するように、コンソールをさししめした。

「ロボットは、あの生物を殺してしまいます！」

「それこそ望むところだ！」キャラモンは辛辣にいった。

「でも、わたしたちが相手にしているのはポルレイターだと、あなたもご存じのはずでしょう！　殺してはいけない……わたしたち、かれらの助けが必要なのです。ポルレイターは敵ではありません」

「わかっている」ＣＣはいらだって話をさえぎった。「その説明は何度も聞いた。わたしの考えも知っているだろう」

「おろかな人！」テラナーの女は助けをもとめるように見まわした。「この殺意に満ちた提督閣下を、だれもとめられないの？」

「あなたがロボットをとめれば、われわれ全員にとり、うまくおさまります」アラスカ

・シェーデレーアは、なだめるようにキャラモンの肩に手を置いた。「ポルレイターについては、意見の食い違いは許されない。遅かれ早かれ、ペリーがこの星系への進入路を発見し、ほかのポルレイターたちとともにやってきます。その同胞をあなたが殺したと知られれば……」
「くだらないことをいうな！」キャラモンはきつくいった。「これは正当防衛だ。きみもよく知っているはず。あの生物はわが命を狙っているのだぞ。わたしはあいつのために殺されなくてはならないのか？」

「ダノはあなたを殺したりはしません」キャラモンは皮肉をこめて答えた。「ただ、わたしの人格を滅ぼし、からだを乗っとるだけだ」

「べつの方法で阻止しましょう」

「きみはまったくわかってない！」ＣＣは軽蔑するようにいった。「口を閉じていろ。きみと議論するよりほかにやることがあるのが、わからんのか？」

セレー・ハーンが驚いたような声をあげ、アラスカ・シェーデレーアはスクリーンを見つめた。戦闘ロボットの一グループがケラクスを発見し、すぐに銃撃をはじめたのだ……パラライザーではなく、致命傷をあたえるエネルギー銃を使っている。

ケラクスが何度もからだをすくませる。アラスカはそれを見て、衝動的に身を乗りだし、センサー・スイッチに触れた。同時にヌールー・ティンボンが、まるで秘密コマンドのように、キャラモンに背後から近づいてとりおさえた。

ロボットは攻撃を中止し、ケラクスは大きくジャンプして側廊に急いだ。今回は難儀そうな動きだった。

「はなせ!」キャラモンは立腹した。「くそ、きみらは全員おかしくなったのか? ケラクスがなにも手出ししないと思うか? われわれ、あの獣に殺されるぞ。チャンスは一度しかない……すばやく行動し、獣を殺すのだ。こちらが殺される前に!」

「いけません」アラスカ・シェーデレーアはしずかにいった。「あなたは思い違いをしている。そんなふうにたがいに殺しあっても、成果があがることはありません。われわれがそう認識するのに、ずいぶん時間がかかりました。それを理解するのは、あなたにとってたやすくないだろうとは思います。しかし、あなたがあの生物を殺すのは容認できません」

ヌールー・ティンボンにきつくつかまれ、キャラモンはむなしくもがいたが、とうとう断念していった。

「後悔するぞ。わたしが正しかったと、すぐに思い知ることになる。ああ、人類はどうなってしまったのだろうか。ほかの者もきみら同様におろかなのか、それとも諸君は例外なのか?」

「われわれ、横暴な殺害から勝利は生まれないと学んだのです」アラスカ・シェーデレーアが冷静に答えた。「ダノを殺せば、ポルレイターたちは、フロストルービンの秘密を教えるのを拒否するかもしれません」

「笑わせるな！　フロストルービンだと……ばかげている！　それがなんなのか、きみも知らないのだろう……自分でそういったじゃないか」

「〝まだ〟知らない、と、いっただけです」アラスカは強調した。「われわれ、ポルレイターから知らされることになります。しかし、われわれが冷静に行動しなければ、かれらはその知識をしめしてはくれないでしょう」

「わたしだって、ダノを殺したいわけではない」キャラモンは腹だたしそうにいった。「ただ、自分を守らなくてはならないだけだ。なぜ、だれひとりとして、わたしの話に耳をかたむけない？　わたしは……」

「あんたこそ、こっちの話に耳をかたむけなよ！」甲高(かんだか)い声が響く。眼前でいきりたつイルトを見て、キャラモンは驚いた。グッキーはまじめにいった。「あんたは自分の貴重な人格を問題の中心においている。もちろん、あんたに自分を守る権利はあるし、あのポルレイターがすぐれた種族に期待できるような行動をしていないのは、だれも否定しないさ。たぶん、ダノの場合は、頭のねじがすこしゆるんでるんだろう。だけど、暴力で解決するなんて問題外だぜ。それはうけいれなくちゃだめだよ。いろんなことが危険な状態なんだから。それはべつにして……あんたは千六百年前からポルレイターに抵抗してきたとはいえ、深層睡眠状態だと立場は悪かったよね。で、いまは目がさめたんだから、これまでよりもうまく抵抗できるでしょ。ぼくら、ダノとは平和的な解決を試みたいんだ。わかった？」

クリフトン・キャラモンは、ネズミ＝ビーバーも自分に反対していると知り、衝撃を感じた。なぜみな、苦々しくも単純な真実を認めないのだろう。しかし、かれらの考えを変えさせる見込みはないと悟るしかなかった。さしあたり譲歩して、深刻な対決におちいることは避けたほうがいい。CCはこう考えながら、いまはグッキーが他者の思考を察知する能力すらないことを思いだし、はじめて、ポルレイターにいくらか感謝の念をいだいた。

「いいだろう」と、小声で答える。「ロボットはもう動かさない。これで満足か？」

「完全に、とはいえないな」グッキーはいった。「自分で向かっていって、ケラクスに致命的打撃をあたえるようなこともしちゃだめだよ」

「なんとか、怪物に手がとどく範囲にはいらないよう、用心しよう！」キャラモンは皮肉をこめて答えた。

アラスカ・シェーデレーアがヌールー・ティンボンにうなずいた。アフロテラナーは手をはなしたが、まだキャラモンの背後で警戒している。

ＣＣはあきらめたようなしぐさをして、

「わかったよ」と、つぶやいた。「とりきめは守る。しかし、ケラクスの居場所くらいは確認しておかないと」

「ケラクスは重傷を負っています」セレー・ハーンがしずかにいった。「スクリーンでとらえていますわ」

「医療ロボットでも送ろうか？」キャラモンが辛辣にいう。

「きっとこの事件で、ロボットの接近には敏感になっているでしょう」セレー・ハーンはまじめに答えた。「わたしたちは《ソドム》に集中したほうがいいと思います。まもなくズルウトに到着しますわ。そろそろ着陸機動をはじめないと」

4

ズルウトに着陸侵入するあいだも、セレー・ハーンがケラクスを見張っていたことで、クリフトン・キャラモンの負担は軽減した。ポルレイターが宿ったこの生物が主エアロックにいるという情報を得て、CCはいくらか心がしずまった。ハッチから顔を出したとたん、獣の多様な有機性武器とかかわるのではないか、と、考えなくてすむ。ただし、主エアロックをテラナーが使用するときに問題が発生するよう、トゥルギル＝ダノ＝ケルグがなにかたくらんでいる可能性はあるだろう。そのため、はじめからべつのルートをとることにした。セレー・ハーンは、獣は重傷を負っているから、ダノは宿主のからだが生きのびられれば、それだけでよろこぶはずだと主張したが、キャラモンにはそのような平和的展開は信じられなかった。

《ソドム》がズルウトの大気圏最上層に侵入すると、キャラモンはそうした懸念を忘れた。この惑星に着陸するのをひるむかのように、艦がはげしく震動している。キャラモンはそれを悪い兆候だと感じた。《ソドム》のことは外も内も知りつくしている。長い休息時間をへたとはいえ、かんたんな着陸もむずかしくなるような損傷はうけているはずもない。

遠景では、ズルウトはほかの惑星と変わらないように見えた……大部分が雲の層におおわれた球体で、地表の詳細はほとんどわからない。しかし、接近して雲の最上部を突破すると、ズルウトはユルギルとは正反対だと確認できた。

ユルギルでは、建築物は自然のなかに溶けこんでいた。それに反して、ズルウトでは建築物は徹底的に自然を破壊しており、かつてこの惑星にあったと思われるものはもはや跡形もない。ズルウトはすべての宇宙生態学者にとり、悪夢のなれの果てだった……ベトンで完全にかためられ、冷たく拒絶的で、目に見える生命体はなかった。

「まさに比類なき眺めだ」キャラモンは皮肉をいった。「諸君の友ポルレイターは、じつに恐ろしくすぐれた種族にちがいない。惑星の徹底的な破壊に成功したのだから！」

「以前から、この惑星は生命をほとんどうけいれなかったのでしょう」アラスカ・シェーデレーアが冷静にいった。「ここは、生態系ゾーンの周縁にあたります。水はほとんどありませんし……おそらく、わずかな湖も人工のものです」

しかし、キャラモンはまだおちつかなかった。火星やそのほかの砂漠惑星のことを考えた。火星のような世界でも、あらたな生命を生じさせることはできる。たとえそれができなくとも、そのような惑星はまだ充分、印象的だ。風や極端な気温の変化によって大きくかたちを変えた風景のひろがる世界だから。昼間には燃えあがる岩は、気温が絶対零度に近い夜には砕ける。こうした惑星には、たいてい呼気可能な空気はなく、雲の層もない。やむことのない風が、恒常的につづく極端な気温差によりはげしくなり、ゆっくりとではあるが確実に、惑星を岩と砂でできた完全な球体へと研ぎ澄ましていく。ズルウトではそうした現象は技術によって阻止されていた。惑星に呼吸可能な空気がもたらされ、気候は調節されている。それどころか、風までもが深い眠りについていた。さもなければ、数多くの建造物すべてが時の流れの歯牙にかかっていないことを、どう説明できるだろうか？

二百万年前から存在するはずの建造物は新築のような様相だ……すくなくとも、はなれた距離からはそう見える。クリフトン・キャラモンは疑うことなく、この印象はすぐに裏づけられると信じていた。二百万年！　そのような時がたてばどんな建物も、その存在をもたらした文明同様、塵芥に帰すだろう。ところが、ポルレイターの建造物は自然の暴威にあらがっている。

キャラモンは背中に鳥肌がたつのを感じた。新しい仲間たちが自分に伝えようとしたことを、はじめて真剣に考えたのだ。以前は、自分ならすべてを概観し、状況を判断できるとうぬぼれていたが、いまは、疑念が頭をもたげていた。

建物を半永久的に保存するのは、可能だと想像はできる……二百万年はまさに半永久的な期間だ。ひょっとすると、惑星全体でも、生命が宿っていなければ、それは成功するのかもしれない。しかし、命ある生物はどうなるだろう？ ありえない！ それは相対的不死とは大きくかけはなれている。そんなことは機能するはずがない！

しかし、キャラモンは同時に、それが思い違いであることも自覚していた。ダノはすくなくとも、ズルウトにあるポルレイターの建造物と同じ程度の年で……特殊な例ではないのだ。

《ソドム》の航行がおちついてきた。惑星の地表をめざしてゆっくり下降していく。高度がさがるほどに、きわめて寒冷な惑星らしいという感覚が明白になった。ＣＣは無意識に制御システムに目をやる。ズルウトの気温は、人類の概念では完全に耐えがたい数値だった。特殊な防護対策なくしては戸外で行動できないだろう。

しかも……その冷気が艦壁を通して感じられるような気がして、キャラモンは身震いした。

さらに下降すると、地表に刻まれた多彩な模様が見えてきた。ポルレイターの全施設が色分けされているようだ。色の洪水のなかで、はじめは秩序を見いだすのもむずかしかった。しかし、巨大なパズルのピースがはまっていくかのように、自然とそれぞれの場所がわかってきた。

環状の構造物が複数あるのが見える。あちこちがゆがみ、不規則に湾曲した部分もあったが、じっくり見れば構造が明らかに確認できる。いずれも中心には黄色いゾーンがあった。

キャラモンは本能的に制御システムに手をやり、《ソドム》をその黄色いゾーンに侵入させようとした。しかし、艦は制御不能となり、何度も外側に流された。

「あきらめなよ！」グッキーがとうとういった。「あの中心の外に着陸するしかないよ」

「例のポルレイターはなにをしている？」キャラモンは苦々しい顔でたずねた。

「ケラクスはまだ主エアロックにいます」セレー・ハーンが報告し、ぞっとしたようにつけくわえた。「死んでしまったみたいに見えますけど」

「そうならいいが」キャラモンはつぶやく。周囲のとがめるような視線は無視した。

《ソドム》のコースをたもつのがむずかしくなったのは、すくなくともダノのせいではないという事実に、心が軽くなっていた。なんらかの理由で青く輝く面が、下にくりかえしあらわれる。だが、キャラモンは湖に着水する気持ちはまったくない。

さらに降下してようやく、全員が思い違いをしていたとわかった。ズルウトには湖などない。湖だと思っていたのは、青い建物のゾーンにすぎなかった。

ほぼ同時に、明らかに人工的につくられた窪地が見えた。傾斜のゆるやかな、すり鉢状の谷だ。そこにはなにも建っておらず、まわりを多様な種類の建物にかこまれている。理想的な着陸場所といえそうだった。

それを悟った瞬間から《ソドム》の操縦に障害がなくなり、羽毛のようにやさしく着陸できて、キャラモンは安堵の息をついた。数秒間、スクリーンにうつる光景に心を奪われる。

未知の世界がひろがっていた。塔、ドーム、四角い建物、柱廊、階段、奇妙にいりくんだ道や斜路、低いホール……すべてがたがいにつながり、重なりあっていて、やわらかい青い光につつまれている。それでも、単調な光景ではまったくなかった。これらの施設の上空は雲ひとつない。天頂のアエルサンから注ぐ光で、建物はより立体的に見える。平面のひとつひとつはまぶしく輝き、建物のあいだの影は濃くなり、立体通廊の下はぼんやりしたむらさき色の影がおおっている。キャラモンはすこしのあいだ、おとぎ話の世界に到着したように感じ、思わず、目の前のコンソールを見た。ここも青い光につつまれていても、不思議に思わなかっただろう。しかし、《ソドム》内は、なんら変わりなかった。

ふたたび顔をあげると、目のはしに明滅する黄色い光をとらえた。

「ケラクスが艦を出ました!」セレー・ハーンが驚く。

キャラモンはパノラマ・スクリーンを見あげ、長くのびる赤褐色の影をとらえた。影は《ソドム》からすばやくすべりでて、紺碧の柱のあいだにもぐっていった。キャラモンは悪態をのみこんだ。ポルレイターの行き先はわかっている。黄色いゾーンのひとつだ。カルデクの盾の保管場所は、そこしかありえない。

考えこみながら、イルトを見やった。ズルウトに着陸して、ちびの能力はもどったのだろうか？

しかし、グッキーの反応はない。そこに意味はないかもしれないが、キャラモンには、それがいい兆候だと考えるよりほかに選択肢はなかった。

自分だけが、いますべきことをわかっているのだ。ほかの者たちは現実の問題をまったく理解していない。ダノが外で武器を調達する可能性があると、どうしてかれらが知ることができただろうか？　全員、ポルレイターは友好的だと考えている。おそらく、この種族がかつてほんものの武器をつくりだしていたとは信じないだろう。

キャラモンは啞然とした。

自分はどこから、ズルウトに武器が存在するという知識を得たのだろうか。もちろん、ダノが自分にのこした知識からひきだせたのだ。しかし、いまは、それに重要な意味はない。

ダノは、カルデクの盾がズルウトにあると知っていた。数は七万……かつてここを去った各ポルレイターにひとつずつだ。さらに、ここにはヴォワーレがいて、秘密兵器がある。しかし、ダノですら、カルデクの盾でなにができるか正確には知らなかった。また、ヴォワーレと秘密兵器の意味も。両方ともきわめて重要で、大きな力になるということを漠然と感じているだけだった。キャラモンは、ポルレイターの過去について仲間たちが話していたことを考えた。倫理的にすぐれた種族がそのような権力手段を生産したなどと、信じられるだろうか？

しかし、どうして否定できよう？　ポルレイターも、どうにかして平和を守らなくてはならなかったのだ。甘言をくりひろげるだけでは守れなかっただろう。それに、きっとダノは、この艦を理由もなく立ちさったのではない。ケラクスの戦闘能力が減少しているのは明白で、獣がまもなく死ぬことも覚悟しているはず。ダノは生きのびたい。そのためにはわたしが必要だ。わたしを乗っとるのに役だつものを、外で探すつもりなのはまちがいない。その秘密の鍵がカルデクの盾であるのは確実だ。ダノよりも先にそれを発見しなくては。さもないと、負ける。

しかし、自分が《ソドム》を出て、またダノを追うといったら、仲間たちは反対するだろう。かれらはけっして、ポルレイターとの争いをひきおこしたくないのだ。

仲間にはなぜものごとが見えないのだろうか。明らかに争いはすでに生じている。ポルレイターたちは、テラナーが想像したような行動はまったくしていない。そのうえ、ダノが追いもとめる目的は、かつてのすぐれたポルレイター種族でなくとも、犯罪とい

「これからどうします？」ヌールー・ティンボンは、キャラモンにきっかけをあたえた

いかのようにたずねた。

CCは即座に決断した。とにかく《ソドム》を出なくては……ほかのことはなんとかなるだろう。

「黄色いゾーンのひとつにはいる必要がある」と、ゆっくり説明した。「そこに行けば、中央制御ステーションに接続して〝内なる核のバリア〟を切る方法が見つかるだろう」

「ほんとかね？」グッキーが皮肉をこめてきいた。

「もちろん」キャラモンは眉ひとつ動かさずに嘘をつく。

「よくわかりませんが」セレー・ハーンがつぶやく。「でも、《ソドム》にのこったほうがいいような気がします。ここから、ズルウトの施設との接触を試みてはどうでしょう」

グッキーは、CCをじろじろ見て、

「あのさ、たぶん、あんたはいまもあのポルレイターを狙ってるよね！」

「わたしの頭をかぎまわってみればいい！」キャラモンがいった。

グッキーは不機嫌そうに手を振って答えた。

「いまは、それができないって、よくわかってるだろ」

「本当なのか？」キャラモンは驚いた。「ズルウトでは、影響をうけないと思っていた！」

「なら、それは、思い違いだぜ」

キャラモンはひそかに安堵の息をついた。グッキーは自分の思考を読めない。テレポーテーションもできないし、テレキネシスで手を出すこともできない。こんなことを確信してこれほどほっとするとは、思いもしなかった。

「諸君はわたしに、ペリー・ローダンが手がかりをつかんでいる謎について多くのことを教えてくれた」と、キャラモンはゆっくり話した。「ポルレイターたちはここ新モラガン・ポルドに、フロストルービンについての情報を保管しているはず。ローダンはその情報をできるだけ早く入手すべきだと、諸君は強調した。いまこそローダンに協力するチャンスだ。だから、実行しよう」

キャラモンは仲間たちの懐疑的な表情を見て、つけくわえた。

「もちろん、ケラクスが死んで、ポルレイターが戦闘能力を失うまで待ったほうがかんたんだろう。いま出ていけば、獣から攻撃される可能性をつねに考えなくてはならない。しかし、いまいましいが、そういう危険を冒す必要がある事態ではないのか？　だいたい、ケラクスはしぶとい。死ぬまで、数カ月、いや数年かかるかもしれない。そんなに長く待っていたいのか？　ローダンが承知するとでも？」

「あのポルレイターを殺すわけにはいきません！」シェーデレーアがいった。

「殺す必要はない」キャラモンはあっさりと、「パラライザーを持っていこう。獣相手に威力はないが、逃がさないようにするには充分だ。バリアがなくなれば、ローダンとほかのポルレイターたちがやってきて、トゥルギル＝ダノ＝ケルグに対する処置を決めるだろう」

ほかの者たちは考えこんだ。

「わかりました」アラスカ・シェーデレーアがとうとう口を開いた。「やってみましょう」

「やっとか！」キャラモンは嘆息し、立ちあがった。「では、行こう！」

「そうあわてないでください」シェーデレーアはゆっくりいった。「われわれ、危険がないとはいいきれない計画に乗りだすことになるのに、もう長いあいだ、睡眠をとっていません。過労した人間はミスをおかしやすい。しかし、ミスは許されないんです。それをべつにしても、恒星はすでに天頂をこえました。出発前に、まずはしっかり休んだほうがいいと思います」

「だが、それでは時間がむだになってしまう！」キャラモンは反論した。

「時間はさほど重要ではありません」シェーデレーアは異議をはねつけた。

「急いでいるのではなかったのか！」

「それはそのとおりです」マスクの男は冷静に認めた。「ですが、いますぐ飛びだせば、数時間で疲れて外で耐えきれなくなるでしょう」

「きみは細胞活性装置保持者だと思っていたが」

「わたしだけではなく……グッキーもそうです。われわれふたりなら、もうすこし持ちこたえられるのは認めます。それに、もちろんあなたも。しかし、ヌールー・ティンボンとセレー・ハーンは、すでに体力がほぼ限界に達しています。短時間でも休憩が必要でしょう」

「では、途中で休めばいい」

「外で？」アラスカはおだやかにたずねた。「それは危険すぎます。《ソドム》のなかが、いまはもっとも安全でしょう。セレー、エアロックを閉めてくれ！」

キャラモンは断念した。アラスカ・シェーデレーアは本当に、ヌールー・ティンボンとセレー・ハーンの体調を気づかっているだけかもしれない。だが……かつての提督クリフトン・キャラモンに疑念をいだいているということもある。事情がどうあれ、マスクの男は決断をくだし、ほかの者も同意した。キャラモンは、この決断が自分にとってもまさに必要なものだったという結論に達した。

＊

《ソドム》は幽霊船のようにしずまりかえっていた。クリフトン・キャラモンはだれもいない通廊を足音を忍ばせて歩きながら、居心地の悪さを感じていた。かつてこの艦で活動していた者たちのことを考え、憂鬱な気分になっていたのだ。その活気は二度ともどらないだろう……それをキャラモンはわかっていた。長すぎる時が過ぎてしまった。

ほかの者たちは眠っている。艦内コミュニケーターで、しっかり確認してある。ダノがまだ目的地に到達していないのは感じていた。まだチャンスはある。このチャンスを逃さないと決意する。

奇妙な確信に満ち、自分が強く無敵に思えた。からだの反応を感じる。いつも体調は万全にととのえていたが、限界を感じることもあった。それに反していまは……急ぎはじめると脈拍が速くなったが、休めばすぐに平常値にもどる。開いたハッチを見つけた。奥は機械室になっている。なかにはいると、高い格子が目の前にそびえていた。筋肉を緊張させ、できるだけ急いで格子をのぼり、またおりた。まったく問題はない。

キャラモンは立ちどまり、格子を注意深く観察した。もちろん、以前もこうした障害をこえることはできていただろう。しかし、なにか違うと感じる。すでにすくなくとも四十八時間は動きどおしだが、疲労感はまったくない。肉体はこれまでよりも、ずっと大きな負荷に耐えられるようになっていた。

ポルレイターが自分のからだになにをしたのか悟ったが、すこしも感謝の念はいだかなかった。キャラモンを助けるつもりなど、ダノの意図にはまったくなかったのだから。ダノはただ、このからだに目をつけただけだった。強く有能なからだを乗っとりたかったのだ。

トゥルギル＝ダノ＝ケルグがそれに失敗すれば、キャラモンは無限に有能な不死のからだを行使できるようになる。ダノはこの可能性を考慮にいれていただろうか。

しかし、変異は、からだだけではなかった。ダノはおのれの意識の一部をキャラモンに植えつけていた。かつての太陽系艦隊提督……この階級がもうなくなったことは知っている……は、もはや純粋なテラナーではない。精神的には、一部はポルレイターになったのだ。

なにかに利用できるだろうか？

ダノとの戦いでは、これが確実に役だつ。今回の変異がなければ、この見知らぬ世界にどうたちむかっていけただろうか。この世界のものはすべて知識のおよばないことばかりだ。ポルレイター種族については、ほとんど知らなかった。だれかから聞いた話だけではたりない。あらたな仲間たちの説明も、どこか一方的に感じられた。

グッキーからヌール・ティンボンまで全員が、ポルレイターたちはこの宇宙で平和だけを望む、絶対的にポジティヴな生物だといった。それに対して、キャラモンはポルレイターは一名しか知らないが、より詳細に知っている。自分は、ほかの者が考えるよような殺意に満ちた人物ではけっしてない。生きのびたいだけなのだ……それはクリフトン・キャラモンもトゥルギル＝ダノ＝ケルグも同様だった。この目的に到達したいと考えるなら、自分の反応はきわめて自然だといえよう。

機械室を出ると、とうとう主エアロックに到達した。ひそかに、おめでたい仲間たちを笑う。セレー・ハーンはエアロックを施錠していた……しかし、内側からだけだ。ケラクスがこっそり《ソドム》にもどってくることを心配したのだろう。だれかがひそかに下艦することは明らかに想定していない。

キャラモンはハッチを開き、考えこみながら外を見まわした。

青い建物が眼前にそびえている。《ソドム》は盆地のはしに着陸していた。着陸皿から遠くない場所から、通廊、階段、斜路の迷宮がはじまっている。

あのどこかにトゥルギル＝ダノ＝ケルグがひそんでいる。それとも、ポルレイターはいまなお……あるいは、またもどってきて……艦の近くにいるのだろうか？　ケラクスに宿る生物はすでに、カルデクの盾に接近するのは容易ではないと確認しただろう。乗りこえるべき障害がいくつかあることは、ダノがのこした情報からわかっている。

ともかく、黄色いゾーンへの着陸は成功しなかった……ダノによると、そこに〝貯蔵所〟があるはずなのだが。この事実は安心できる要素だとキャラモンは考えた。ケラクスは弱っているから、長い距離をこえるのはやっかいだろう。

それとも、ダノは間違った情報を植えつけたのか？　宿主の状況を考えて、キャラモンを振りまわすために思い違いをさせたのだろうか？

テラナーはこの疑問を無視して、エネルギー斜路に足を踏みだした。背後でエアロックが閉まるのを確認する。あらたな仲間たちについては、理解できないこともあり、ときにはいなくなればいいとも願ったが、それでもかれらが好きだった。ともかく、かれらを危険におとしいれたくはない。可能なかぎりしずかに、キャラモンはそこを立ちさった。

5

クリフトン・キャラモンは自分が行くべき方向を心に刻みこんでいた。問題の貯蔵所付近に行くのには、トゥルギル＝ダノ＝ケルグがテラナーの記憶に定着させた情報で、明らかに充分だった。しかし、まだかなり距離はある。まず黄色いゾーンに到達しなくてはならないからだ。

自分の意識のなかに特定の場所を指示するヒントを見いだし、そこをめざすことができた。すでにこの情報を前から発見していたのだが、意味はないと思っていたのだ。ダノは、ポルレイターの産物に時の流れは手出しできないだろうと主張していたが、その主張を疑うべきあらゆる根拠がキャラモンにはあった。結局のところ、ダノ自身が、ポルレイターでさえ二百万年という時に打ち勝てる存在ではないという、明白な証拠なのだった。

しかし、驚いたことに、ズルウトの施設には崩壊のシュプールは皆無だった。ユルギルよりも保存状態がよかったのかもしれない。ここには建物を侵食するような植物相も動物相もない。建物は未知の方法でたもたれ、風雨に損なわれることもなかった……完璧に管理された惑星に、そもそも風雨があるとしたらだが。いずれにせよ、建物の壁も、通廊や輝く薄い層におおわれた斜路の表面も、ほとんど壊れていないように見えた。

不気味なほどの静寂だ。そよ風が建物のあいだを吹いているが、あまりにかすかで音もたてない。ごくたまにため息のような音が聞こえるだけだ。動物の声もなければ、木の葉や草がそよぐ音もしない。不自然なしずけさ……巨大な墓にいるかのようだ。奥の通廊にはいると、足音が太古からの壁に反響して、キャラモンは驚き、慣れるのに数秒を要した。

左には高い柱がそびえ、その奥は暗い。ポルレイターがこのような場所で待ち伏せるのは容易だろうという思いがよぎる。やむをえず、ダノがしめした道を進むしかない。ここは完全な迷宮だった。ポルレイターはおのれの種族の建築様式を熟知していて、べつの道からでも貯蔵所へ接近できるだろうが、キャラモンは、近道や迂回路を探すことはできなかった……夜のあいだはとくに問題外だ。

キャラモンは思わず立ちどまった。柱が支えるアーチの下の闇をうかがうが、なにも見えない。すこしして目が暗がりに慣れると、からだを曲げて地面にうずくまる生物の影が見えた気がした。目に力をいれすぎて涙が出はじめ、暗闇に閃光が踊る。

不快になって両目を手でこすると、インパルス銃をとり、柱を掩体にしながら用心深く影に近づいた。

まるまったからだは身じろぎもしない。本当にケラクスなのだろうか？　だとすると……キャラモンを待っていたのか、あるいはすでに死んでいるのか？

そんなにかんたんに敵を追いはらえるとは、キャラモンは思わなかった。一方、すでに危険のおよぶ範囲まで物体に接近していた。ケラクスの能力はわかっている……すぐれた力で跳躍しながら、それでも確実に毒液を噴出するのだ。

一瞬なお躊躇(ちゅうちょ)したが、まるめたからだがさらに縮まるのがはっきり見えたと思った。銃をぬき、発砲した……その瞬間、神経が過敏になっていたせいで思い違いをしたのに気づく。アーチの下にまるまった生物などいなかった。ただ、短く細い斜路が二本あり、かすかに星々の光が反射しているだけだった。ふたつの反射が暗がりのなかで、ケラクスがからだをまるめているように見えたのだ。

悪態をつき、後方へ跳んだ。つるつるした地面で一瞬、足を滑らせたが、すぐに体勢をたてなおし、右へ数メートル、ジャンプする。それから、壁を手探りして音をたてないように進み、立ちどまると、身じろぎもせずに待った。

まだしずかだ。あるいは違うのだろうか？

そのとき……鋼のような鉤爪が滑(なめ)らかな床を滑るときにたてそうな甲高くひっかく音がかすかにして、息苦しそうな呼吸音がつづいた。

キャラモンは、自分がたてる音に注意をはらうのをやめた。勢いよく進み、斜路に出る。そこは完全な暗闇だ。急いで地面に身を投げ、通廊にもぐりこむ。斜路の傾斜はきつかった。身動きすればどこかにぶつかるほど空間がせまくなる前に、その場でとまった。

銃をつきだし、通廊をうかがう。無数の星々のおかげで、周囲のようすははっきり見てとれた。外を探ったあげく、最優先の目的はあきらめる必要があると確信した。

自分が光の下にいるうちに、ケラクスはなぜ攻撃してこなかったのだろうか？

そう考えてすぐに理由がわかり、安堵のあまり笑いだしそうになった。

獣がたてる音は遠ざかり、ちいさくなっていく。一瞬、イモムシに似た巨大なからだが、ピラミッド形の明るい建築物を背景に浮かびあがった。しかし、ケラクスはすでに曲がり角にさしかかっていて、大きくジャンプして安全な場所にかくれた。

獣は逃げた。セレー・ハーンの観察が正しかったのは明白だ。ケラクスは重傷を負っている。この状況下では敵との戦いを避けるべきだと、ポルレイターは判断したのだ。

この観察から導かれる結果に、心の奥の不安がやわらいだ。ダノの状態は絶望的だった。もはやケラクスは、ダノの意識をわずかな時間しかたもてない。ポルレイターはいまや、できるだけ早くキャラモンのからだを獲得しようとするだろう。〝星の石〟が破壊されたあと、同じ機能を持つ代替品はズルウトにはなく、唯一のこるチャンスはカルデクの盾だ。

艦の比較的近くでケラクスに遭遇したという事実から、この生物の体力が末期にさしかかっているのがわかる。ダノがこの場所で自分を待ち伏せていたとは、もう信じられなかった。正解はずっと単純で、獣にはもはや、《ソドム》からはなれる力がなかったのだ。おそらくダノは、キャラモンがこれほど早く追いかけてくるとは考えていなかっただろう。ケラクスをいたわり、カルデクの盾をゆっくり探す時間があると思っていたのだ。

いまやダノは敵が迫っているのを知り、ケラクスの状態をほとんど気づかえなくなるだろう。貯蔵所に直行するはず。いまの状態でもまだ、獣の走る速度はテラナーよりも速い。

飛翔装置を使って貯蔵所へ行くべきだろうか？

それについて考えたが、問題にならないと結論が出た。ポルレイターが貯蔵所に関する記憶を、宿主になりうるからだにのこしたとき、そこへは明らかに徒歩で向かうことを前提としていた……上空からでは、方位を定めるための多数の目印を見分けられないだろう。それにキャラモンは、空が明るくなる前に目的地につくことはあきらめていた。

夜のあいだに進むのは、まったくおろかだ。かなり明るいとはいえ、奇妙な散光につつまれていて、錯覚を起こす。空は文字どおり輝く星々におおわれ、ズルウトの地表に影をつくるほど明るかった。さまざまな影が満ちあふれ、方向を見失わせる。光と影の不思議な揺らめきがいかに作用するか、ケラクスのすぐそばを気づかずにほかのものと勘違いして通りすぎたという事実から実感できる。

こんな思い違いは二度とくりかえしてはならない。致命的な失敗に結びつきかねない。キャラモンは音もたてずに斜路からはなれ、安全なかくれ場を発見した。快適ではなかったが、命のためにはこれよりもひどい状況もがまんしただろう。すみの壁ふたつにはさまれた場所に上体をもたせかける……壁のおかげで眠っても倒れることはない。インパルス銃は手に携えていたが、安全装置はかけておいた。

*

トゥルギル＝ダノ＝ケルグはずっと、ケラクスの最期が近いことはわかっていた。それでも、《ソドム》からの逃亡ですでに獣のからだが限界まで達したことを認識して、驚いた。宿主のからだがこれほど弱っているのを実感したのははじめてだ。

慄然とした思いにつつまれる。ケラクスがいま死んだら、自分も消え失せてしまう。すでにからだを伝って、死の冷酷な手が近づいたのを感じる。しかし、乱暴に獣を前進させた。かくれ場のないこの窪地を脱出しなくては。

本能的に、キャラモンが向かうと予想される方向を選んでいた。擬装作戦が功を奏したか、たしかめたかったのだ。それによっておちいりかねない危険を意識しはじめたが、修正するにはすでに遅い。

ケラクスはもはや動けなくなっていた。無理にこれ以上動かせば、死んでしまうだろう。休息が必要だ。

ポルレイターは、宿主の原始的な脳との接触を試みた。インパルスをとどかせるまで、異常に長くかかった。

光を！　と、ケラクスの本能にもとづく朦朧とした思考がもとめた。

ダノはその意味を正確に知っていた。

もうすぐだ！　と、なぐさめる。

ケラクスのからだがストライキをはじめた。巨大な獣は地面に身を横たえる。ダノは、いまはどうすることもできない。

運よく、獣は都合のいい場所を選んでいた。恒星の明るい光のなかでも、深い暗闇でもない。さまざまな影のおかげで、巨大なからだは背景に溶けこんでいる。

トゥルギル＝ダノ＝ケルグはひきさがり、ケラクスにからだをまかせた。そうしながらも、宿主の敏感な感覚を用いて、ダノ自身がしめした道をクリフトン・キャラモンが慎重に進むのを感じていた。その反応から、さしあたりキャラモンがまだなにも知らないのがわかる。そのとき突然、テラナーは立ちどまった。ダノはケラクスを動かしはじめようとしたが、ちょうどキャラモンがべつの目的に狙いを定めたのがわかり、待つことにした。

しかし、ケラクスを見くびっていた。獣は、その独自の理解力によれば、おのれをほとんど不死身と思っている。ユルギルではどこにも天敵がいなかったためだ。だから、エネルギー・ビームでうけた痛みは、記憶のなかで忘れられないものとしてのこっていた。

キャラモンがビームを発射しはじめたとき、ケラクスは鈍い頭にもかかわらず、高くジャンプして逃走した。ダノは、宿主を適切な方向に向けることができた。

死の不安からケラクスをつきうごかしたエネルギーは、すぐにとぎれた。巨大な生物はまた地面に倒れ、今回はその思考をみずからポルレイターの意識へと向けてきた。

光を！　と、懇願する。休みを、食い物を。

光はまもなく見える、と、ダノはやさしく思考で答えた。いまは休んでいい。われわれと同様、敵もこちらを恐がっている。かれは追ってこない。おまえは光のなかで休んであらたな力をとりもどし、あすは食物も見つかるだろう。

この情報は、ケラクスのちいさい脳には複雑すぎたが、うまくおちつかせることはできた。獣はからだをのばし、その思考は、ダノにはほとんど理解不能な領域にひきもどってしまった。

警戒していたが、クリフトン・キャラモンの気配はまったく感じられない。

それにもかかわらず、恒星アエルサンが昇ると、ケラクスを追いたてるしかないと判断した。動きを操り、アエルサンの光にさらされ、キャラモンが通るはずの道からすこしはなれた場所に移動する。ケラクスは、つらそうにからだをひきずった。野性味と優雅さを持つ動きは失われ……そのからだは、ダノの意志の力によってのみたもたれる、がらくたにすぎなかった。

しかし、恒星アエルサンはケラクスたちにつねに慈悲深かった。獣たちはアエルサンの光のなかで生まれ、赤色巨星の驚異的なエネルギーの恵みをうけながら生きてきたのだ。トゥルギル＝ダノ＝ケルグは、宿主のからだを注意深く観察し、ほとんど回復したのを感じた。ひどい傷はしだいにふさがり、それにともなって、むずがゆさが生じていた。この感覚といっしょに、ケラクスを傑出させているものが目ざめた。食べたい……そして生きのびたいという、とてつもない意志だ。

そこにおまえのための食糧があるぞ、と、ポルレイターは思考で誘う。案内してやろう。

ケラクスは、この言葉を正確には理解できなかった。ただ、食物が提供されることは感じて、誘いに乗った。抵抗もせず、力を発揮してかなりの距離を進み、貯蔵所に到着した。

ケラクスは、箱形装置の前でぼんやりしていた。ケラクスにとって、食物という概念はきわめて限定的で、適度な大きさの生きたべつの動物をさししめしている。ダノは、この自動供給装置を使っても、そうしたかたちの食物は出せないとわかっていた。そのため、無理やり……それははじめてではなかったが……宿主の反応に介入した。ケラクスの腕の一本を動かし、鋭い鉤爪で、さまざまなセンサーに触れさせる。ケラクスは逆らったが、弱っていてポルレイターの力を押しもどせない。

数秒後、機械はダノの希望にこたえた。ケラクスの要求は、ポルレイターのそれとは大きく異なっている。それでも、粥（かゆ）状の濃縮食糧が容器に注がれた。

それをケラクスは見ていたが、なにも反応を見せなかった。この食糧はたしかに流れ動いていたが、それは獣にとってなにも意味しない動きだ。ケラクスは、この粥を食べたいという欲求をまったく感じていない。

トゥルギル＝ダノ＝ケルグはふたたび介入し、ケラクスの口を無理にさげた。はじめのひと口は強制的な力によるものだったが、それからの動きはスムーズになり、ケラクスはとうとう理解し、みずから粥をのみこむようになった。しかし、よろこびはすこしも感じられなかった。

これを食べれば力がつく、と、ダノはなだめた。ここにはほかに食糧はないのだ。あるもので満足しなくては。

ケラクスにはこの言葉は理解できないと、ダノはわかっていた。べつの宿主……知的レベルが自分とはるかに近い生物を使ったら、どうなるだろう。すでに知識、記憶、感情の動きの大部分を植えつけたクリフトン・キャラモンのことを考えた。それを考えると不安になる。ケラクスを休ませることに、無理に意識を集中しなくてはならない。獣には食糧が必要だ……しかし、トゥルギル＝ダノ＝ケルグにもあらたな宿主が必要で、それはよりさしせまっていた。

自分と宿主とのあいだにフィードバックがあることは意識していた。ケラクスの空腹がおさまるにつれ、ポルレイターのいらだちはつのった。理性では、獣にはさらに休息が必要だとわかっていたが、それを無視したいという感情がぼんやりうずく。

外面的にはケラクスはすでにほぼ治癒している。ただいくつか表面の傷がのこっているだけで、それも恒星の光でまもなく治るだろう。それでも獣の動きは、いままでにくらべて目に見えるほど遅く、大儀そうだった。健康状態のせいだけではなく……異質な環境も要因となって、不安定さが増している。

この獣は、手つかずの自然のなかでの生活が適しているのだ。自然のままの地面に接し、ポルレイターには察知できないようなかすかな音や香りで方向を探知する。ズルウトには、そうした音や香りはなく、ケラクスの細い目にはいる光景も精神がおちつくようなものではない。輝く青い色は、この獣のわずかな理解力にとってあまりに異質で、耐えがたいものだった。トゥルギル＝ダノ＝ケルグは苦労して、宿主が全力で進むようにしむけた。ケラクスは、ときにはおびえた反応を見せた……この状況に、ダノはきわめて不安になった。

本来の環境では、ケラクスは想像するかぎり、もっとも獰猛で貪欲で、戦いを避けることなく挑む生物だ。そのような怪物が、青い壁を子供のように恐れている……

進め！ダノは頑固に命じ、ケラクスは慎重に進んだ。つねに奇妙な壁に触れないように気をつけている。地面でさえ信用できないようなようすに、ダノはひどく心配になった。ケラクスはこのような環境でまだ戦えるだろうか。しかし、戦わなければならないのだ。キャラモンがあっさり運命にしたがうわけがない。

テラナーの現在の居場所を考える。まだ遠くまでは行っていないだろう。人間がどの程度の速度で移動できるかわかっているし、キャラモンの思考回路も理解している……あの男は技術的な補助手段を使用しないだろう。このズルウトでそのような機器を使ったら、探知され攻撃される恐れがあると計算しているはずだ。

テラナーがあらわれるのではないかと待ちかまえながら、キャラモンが通るはずの、ズルウトの施設をぬける道と平行に獣を動かした。キャラモンが青いゾーンをはなれたと確信できたら、すぐに貯蔵所にはいり、カルデクの盾を入手できる。そうすれば、あらたなからだを得るのに、なんの障害もなくなる。

その後、実際にあらわれたテラナーを獣が目にすると、想定外の展開となった。あとになって、そのような事態は考えておくべきだったとダノは思った。ケラクスは完全に動揺してしまったのだ。この状況では、手近な生物が出現したことでパニックを起こすにちがいない。ところが、ポルレイターは宿主の行動に愕然とした。

突然、ケラクスは前に突進していったのだ。異質な環境を完全に忘れ、細い目は、わき道の先のちいさい人影を見すえている。驚いた生け贄の荒い呼吸を聞いた獣は、その不安をかぎつけて興奮し、半狂乱になった。恐怖と不安定さが、とんでもない勢いで暴発したのだ。

ダノは絶望して悲鳴をあげた。ケラクスがキャラモンを殺そうとしていると悟ったのだ。手遅れにならないうちに、宿主のコントロールをとりもどさなければ。ケラクスは、ダノがあらたに統合できる唯一の対象をひきさいてしまう。そうなれば、最後のチャンスもついえる。

6

クリフトン・キャラモンは夜が明けてすぐに目ざめ、一刻もむだにしないため、急いで出発した。はじめのうちは慎重を期し、ケラクスの到達範囲に足を踏みださないか確認できるまでは一歩も進まなかったが、化け物は宙に消えたかのようだった。獣がのこすはずのシュプールも、獣自体の姿も見えない。

結局、トゥルギル＝ダノ＝ケルグは獣の状態の悪さから、自分を避けることにして貯蔵所へのべつの道を選んだのだと結論づける。ケラクスがこの世を去ったかもしれないという考えは魅力的だったが、それに屈することはなかった。

しだいにキャラモンは大胆になった。道には生物がまったくあらわれないし、侵入者を破滅させる防御装置もあるはずだが、いまは明らかに作動していない。さらに、この青い背景のなかで、体長二十メートルの赤褐色の怪物を見逃すわけがないという事実があった。待ち伏せされているか確認するために立ちどまるのは、大きな十字路の前だけになっていた。

この惑星のしずけさは、神経にさわる。それでも、かつてのポルレイターに驚嘆の念が浮かびあがるのはとめられなかった。建造物は永久にたもつように建てられ、住民は最近、立ちさったかのようだ。永遠に清掃をつづけるロボットがいるか、あるいは、埃などが発生しないような構造にしたのだろうか。しかし、ポルレイターがすぐれた種族だとはわかっていても、この施設の清潔さはまさに不気味だった。ようやく斜路の下に吹きよせられた埃を見つけたときには、安堵感まで抱いた。

建物の内部が気になったが、好奇心はおさえることにした。多くの時間を無為についやしてしまうだろう。歩きながら、通りや施設が生き生きしていたころのようすを想像してみた。ポルレイターの本当の姿はわからないため、人類の姿に置きかえて、つかのま夢想にふけった。活気につつまれ、階段や斜路では仕事に専念するさまざまな者たちが動きまわり、広場では商売がおこなわれ、通りでは品物が搬送される。自分自身はきっと、このように色が単調な環境ではいずれ居心地が悪くなるだろうと思ったが、そのような主観的な印象に、どんな意味があるというのだろう。

そこまで考えて、完全に誤った光景を思い描いていたと気づく。M－3へ到来したポルレイターはぜんぶで七万名だ。そんな数では、この巨大施設の一部さえ、活気で満たすことはできまい。おまけに、ズルウトはポルレイターが支配していた五惑星のひとつにすぎない。ポルレイターたちはひきこもって暮らしていたから、異人が新モラガン・

ポルドにやってきたとも考えられない。

しかし、それではなんのために五つも惑星があるのか？　極端にひろい生活空間が必要な生物が存在することは想像できる。想像力にたよることもない……これまで太陽系艦隊で提督をつとめ、多くの種族を見知ってきた。しかし、かりにポルレイターが本当にそうした生物だった場合でも、なぜ、このような惑星大の都市が必要なのか？　どんな目的のために、惑星全土をこれらの建物で埋めたのか？

建物にはいり、この問いの答えを探したいという誘惑は大きかったが、なんとか耐えた。好奇心に苦しめられるが……先に進まなくてはならない。時間をむだにできないのだ。ズルウトにまつわる謎には、ダノとの戦いに勝ったら、ゆっくりとりくめばいい。いずれ訪れるそのときまでは……決定的な戦いにひとりで集中しなくてはならない。

足音が青い壁に反響する。赤い恒星の位置は高くなり、暑くなっていた。それでもキャラモンは体内に寒気（さむけ）を感じた。最初にズルウトを見たときから、冷たい惑星だと感じたことを思いだす。温度は関係なく、たんに心理的な現象だろう。

警戒心が弱まっているのを感じる。周囲の建物は変化に富み、大胆な構造のものも多かったが、すべて青色で調和をなしていた。おちつく建築様式だった。平穏で安心できるような作用が生まれている。大きな十字路を、ケラクスがいるかどうか見ずにわたってしまったと気づく。もちろん慎重に行動していたが、まもなくそれも忘れた。

突然、十字路の中央で立ちどまり、百メートル先にべつの色の建物があるのを驚いて見つめた。

むらさき色のゾーンだ！

えんえんとつづく青い色に、しだいにいやけがさしていた。ついにほかの色を見られたという思いに駆られ、もどかしく感じながら、むらさき色のゾーンに入る。無分別な行動だとは自覚している。この色にも、そのうち耐えられなくなるはず。それでも前へ急いだ。

すぐに、ゆるくカーブする通りに立った。半分が青で、半分がむらさき色に塗装されている。眼前には装飾豊かな大きな門がそびえ、その向こうにはさらに建物がならんでいた。青いゾーンとなにも変わらない。ただ、色が違うだけだ。キャラモンは色の境界に立ちつくした。理由はふたつあった……新しい色を満喫したかったのと、この門はなんだろうと頭を悩ませていたのだった。

右を見ると、さらに門がいくつもあった……なじみの方法でむらさき色のゾーンにはいる方法はないようだ。では、左は？

やはり同じだった。

あるいは、違うのか？

キャラモンはそこにある赤褐色の物体を凝視した。むらさき色を背景にしてきわだっている。ここが本当に、次のゾーンへの危険のない入口なのか、すくなくとも二秒間悩んだ。

不意に赤褐色のものが動いた。

奇妙にも恐怖を感じない。ただ、唖然としていた。おそらく展開が速すぎて、理解しきれなかったのだろう。

ケラクスが恐ろしいスピードで突進してくる。しかし、キャラモンにはすべての動きがスローモーションのように見えた。

危険はない、と、キャラモンは考えた。わたしを殺せば、ダノはわたしのからだを乗っとれなくなる。この考えが間違っていないこともわかっていた。ケラクスにからだがひきさかれることはないだろう。しかし、抵抗力を奪われる可能性はある。負傷すれば、強い痛みを感じて、心理的抵抗力が崩壊し……ダノに乗っとられる。それは死以外の何物でもない……純粋に心理的な死だ。肉体の運命とは関係がない。肉体は生きつづけるだろうが、キャラモンは死ぬのだ。そう考えると、ほぼ千六百年前から身近だった恐怖が呼びさまされた。

最後の瞬間、わきに転がってよけることができた。ケラクスが失望して叫び声をあげ、鋭い鉤爪で滑らかな地面をひっかく。すぐに怪物は首をまわし、舌をのばしてきた。キャラモンはまた転がる。

舌は的をはずしたが、毒針が舗装路を滑り、高い音をたてた。キャラモンは半狂乱になったかのように腹這いになると、すばやく立ちあがり、ジャンプした。一瞬で、予測が間違っていたことがわかったのだ。この獣には、キャラモンのからだを守る気はない。さまざまな思考が押しよせる。ダノはこのズルウトで、統合するべつのからだを見つけたのか。それなら、ポルレイターについて多くを知りすぎたわたしを殺そうとするかもしれない。あるいは、獣のコントロールがきかなくなったのか。

ジグザグに通りを進む。右側でなにかがはねるような音がした。ケラクスが毒液を噴射したが、また的をはずしたのだ。それでも、しずく数滴が命中して、戦闘服に穴をあけた。皮膚にはとどいていないが、夢をみてはいられない……この生物に人類は太刀打ちできないのだ。もちろんケラクスを倒すことは可能だが、そのためには武器だけではたりない。待ち伏せて、不意打ちをしかけて捕らえなくてはならない。一度ケラクスが標的を選びだして狙えば、かならずしとめる。この特殊なケラクスがこれまで失敗つづきだったのは、ポルレイターがその動きに影響をあたえていたせいかもしれない。

しかし、ひょっとすると、ポルレイターはもはやこの巨体にはいないのかもしれない。とっくにべつの外被のなかにうつり、かつての宿主に、おのれがひるんで実行しなかった残虐な任務をのこしていったとも考えられる。

眼前に壁があるのに気づき、急いで周囲を見まわす。また毒液のはねる音がして、戦闘服にさらに穴があいた。重傷を負わなければ、とくに問題ない。しかし、みごとに罠にはまったことに気づいて愕然とする。

両側の壁がゆるくカーブを描いた袋小路にはいってしまったのだ。こうした場合よくあるように、建物は両方とも出入口がなく、壁は高く窓もない。

あわてて周囲を見まわした、そのとき……閃光に目がくらみ、目を閉じた。

本能的にわきに転がり、右側の壁にぶつかってとまった。万事休すだ。

トランス状態におちいったのか、聞きおぼえのあるうなるような音を耳にした。すぐにケラクスが舗装路を鉤爪でひっかく音が響く。音が遠ざかっていくような気がしたが、怪物が本当に逃げているとは信じられない。

しずかになり、突然、足音がした……ごくふつうの足音だ……接近してくる。キャラモンは顔をあげた。

「まったくどうして、ぼかあ、いつも絶体絶命のピンチのときに騎士の役割をつとめなくちゃいけないんだ！」きんきら声がいう。キャラモンは、目の前にいる小柄な毛皮生物をぼんやり見つめた。

「大口をたたくな、ちび」アラスカ・シェーデレーアがしずかにいう。「ひとりでは、ケラクスをとめられなかっただろう」

「そう思ってればいいさ！」グッキーが軽蔑したように答えた。

キャラモンは頭をそらして哄笑した。ほとんどヒステリックな反応だと自覚していたが、そんなことは気にしなかった。

通りを見やると、ケラクスのとがった尾がちょうど消えたところだった。それを見て正気にもどる。獣はまだ生きている。仲間たちは、殺さずに追いはらうだけで満足したのだ。

どんな危険に直面しているか、わかっていないのだろうか？

＊

「早朝には、あんたが《ソドム》を出たのに気づいたんだ」グッキーが、むらさき色のゾーンへの入口の調査が終了するといった。「だけど、それからの行動について意見がまとまんなかった。最後にやっと、追いかけようと決まったんだ」

「どうやって見つけた？」クリフトン・キャラモンはたずねた。

「かんたんさ」と、グッキー。「飛翔装置を使ったんだよ。上からだと、あんたがこのはなれた場所にいるのもすぐに発見できた。だいたいどうして、歩いて移動しようなんて思ったんだい？」

「皿に乗った状態で敵の前に飛びだしたくなかったからな」CCは怒って答えた。「入口のようすはどうだ？」

ヌールー・ティンボンが振りかえり、

「問題はなさそうです。ともかく罠は見あたりません」

そうつぶやくと、アラスカ・シェーデレーアを見やった。マスクの男は軽く首を振った。

「たしかに」と、ひと言いう。

「では、この道は大丈夫だ」クリフトン・キャラモンは小声でいった。考えこみながら入口の前に足を踏みだして、装飾された大きなアーチ門の下の影にはいった。だれにもとめられないよう、すばやく決然とした足どりで。

仲間たちは息をのんだ。このような古い施設は信用できない。外側からはわからないような罠がしくまれているかもしれないのだ。

しかし、なにも起こらなかった。キャラモンは振りかえり、合図した。

「さ、行くぞ！」いらだつように声をかける。

「不用心ですよ」アラスカ・シェーデレーアがキャラモンの隣りにきていった。

「だからどうした？」かつての太陽系艦隊提督は皮肉をこめて答える。「きみの意見では、だれかを先発させるべきだと？」

「そういう意味ではありません」マスクの男は怒った。「だが、われわれなら、予防処置を講じますね。このような危険にあえて飛びこむなど、愚の骨頂です」

クリフトン・キャラモンはシェーデレーアが正しいとわかり、不機嫌になった。「くだらないおしゃべりをしているひまはない」無愛想につぶやくと、大股で前に進んだ。

それでも、ひとりではなくなり、安心したのは認めなくてはならなかった。いまは仲間がいて、さまざまな課題を分けあい、交替で獣を見張りながら、たがいに気を配れる。実際、そのようなやり方で、過労や軽率さから生まれる危険を大幅に回避することができた。一行が進む速度はあがった。

唯一、不安な要素はセレー・ハーンの存在だと、キャラモンは考えていた。彼女を信頼していないからではない……まったくその逆だ。ともに時間をすごすうちに、セレーが自分で身を守れることもわかってきた。それ以上に、セレーはこのグループのりっぱな一員だ。まさにそのせいで、キャラモンは驚きと不安を感じるのだ。

自分の時代にこのような女がいなかったわけではない。数名は知っている。もっとも、そうした女は居あわせた者たちに、自分には訓練をうけた男と同じだけの能力があると、つねにアピールしているような印象をあたえていた。セレー・ハーンにはそうしたコンプレックスはない。ただ状況にしたがって行動していて、自然体だ。セレーは理想的な戦友になれるだろう……キャラモンがありのままの彼女をうけいれられれば。

しかし、それはできなかった。かわりにキャラモンは、自分がいつも彼女を挑発するか……状況によっては……過剰な親切心を見せようとしているのに気づいた。この行動が誤っていることはわかっているし、ほかの者たちもそれを知っている。言葉で表現する必要はなく、顔にはっきりあらわれていた。キャラモンがセレーの負担を軽くしようとすると、かれらは当惑したように目をそらし、セレー自身はとがめるような目つきをして、キャラモンの好みではない、同等の権利を持つパートナーという地位を要求するのだ。こうしたふるまいにキャラモンが腹をたてて態度をがらりと変え、セレーをけしかけて特殊な任務をさせようとすると、ほかの者たちが理解できないか、非難するような目でキャラモンを見つめる。そしてセレーのほうは、なにもいわずにキャラモンがもとめた任務をこなすか、あるいは、仲間の男に向かって大胆にこういうのだ。

「あれはちょっとわたしにはむずかしいの。手伝ってくれる?」

いわれたほうはもちろん、ほかになにもすることがないかのように手を貸す。仲間がセレー・ハーンをからかう言葉は聞いたことはなく、またお愛想を聞くこともなかった。ヌールー・ティンボンがセレー・ハーンに大きな好意をよせているのをキャラモンはわかっていたが、自身はいまのこんな状況では、とてもセレーを〝女〟として見られないと思った。

むらさき色のゾーンには、新モラガン・ポルドの創設から長い時が経過したことをしめす、より大きなシュプールがあちこちに見られた。ひょっとすると、こうしたシュプールは青いゾーンにもあり、キャラモンがたまたま遭遇しなかっただけかもしれない。ときどき、通りは瓦礫にさえぎられた。廃墟をこえたり、障害物をどかしたりして進んだが、越えるのは困難として迂回せざるをえず、べつの道を探すはめにもおちいった。たいていは複数の選択肢があったため、もっとも合理的なのは、グループを分けて同時にすべて探ることだった。その場合、キャラモンはセレー・ハーンのそばにいることが多かった……だが、やがてグッキーがそっと、それでもきっぱり介入した。キャラモンは突然、自分がネズミ＝ビーバーとふたりだけでいることに気づいた。

「気をつけなよ」イルトは憤慨した。「いまは、あんたの考えは読めない。だけど、どんな想像をしているか、いう必要もないだろ。ぼかあ、あんたという人間をよく知ってるからね。テレパシーがなくたって推理はできるんだ。セレーをどうあつかっていいか、わからないんだろ？　彼女は、あんたの時代遅れの世界像にはあてはまらないよ。出まかせをいってるんじゃないんだ……いまでも、あんたがなじんできたような行動をする男女はすくなくない。だけど、セレーは有能な女宙航士だ。《ダン・ピコット》の次席艦長代行だったし、この仕事が好きで、熟達してる。命令はうけてるけど、命令をくだす立場でもあったんだ。必要不可欠なことにしたがうのには慣れてるけど、それは思考停止する覚悟があるって意味じゃないからね」

「そんなことは、わたしも望んでいない！」キャラモンが答える。

「いや、望んでるのと同じさ！」グッキーは怒った。「CC、ぼかあ、あんたが昔はどんなだったか、よく知ってる。あのときはそれでよかった。だけど、時代は変わったんだよ。あんたは、セレー・ハーンのような女が〝男になろうとして〟がんばるのに慣れていたんだろう。きっとあんたは、そういう女は〝ほんものの〟男を見つけさえすればいいと信じてるのさ。あんたの意見によれば、彼女たちはきっと、運命にしたがう心がまえも、あたえられる役割を演じる覚悟もできているって」

「ばかなことを……」

「いまは、ぼくが話してるんだ！」グッキーがさえぎった。「忘れないで。ぼくらがどこにいるか、まわりがどんなかを。ここは見知らぬ世界で、ぼくら以外には、どうやら生物はいない。あとはダノ。ダノは……いまのところ……ぼくらの仇敵だ」

「やっと認めたな！」キャラモンがつぶやく。「だったら、どうして逃がした？」

「それはあんたがよくわかってるだろ！　ぼくらは五名で、ダノはひとりだ。一見、こっちが優位だよ。だけど、ぜんぜん違う。あのポルレイターは数百の敵に値いする……まずは使用する武器において。もうひとつは、二百万年間の経験値において。おまけに、獣と統合してる。あんな敵に勝つには、使える力をかきあつめなくちゃ」

「それがわかっているなら……なぜエネルギー・ビームを命中させなかったのだ？」キャラモンの声は苦々しい。この男には理解できないと、グッキーは絶望的になった。

キャラモンにはほとんど時間がなかったのだ。悪夢から目ざめ、悪夢が現実だと認めなくてはならなかった。そんな状況でなにを期待できるだろうか？

「ぼくらにはポルレイターたちが必要なんだよ」グッキーは強くいった。「ぼくらに正しい道をしめせるのは、かれらなんだ。だけど、怒らせたら、きっとぼくらには行き先もわからない逃げ道を思いつくだろう。ＣＣ、ぼくらはどんな犠牲をはらっても、ポルレイターと最後までいっしょにいなくちゃなんない。ダノはその試金石だ……いいや、それ以上かもしんない。この試練を乗りこえなくちゃ。あんたがどう考えてるか、わかるよ。勝ちたいんだろ。命も助かりたい。当然のことだ。だけど、ぼくらのひとりひとりを完全に信じてもらわないと、そいつは叶（かな）わない。セレーのなかに、本人でないもの、本人が望まないものを見るのはやめなよ。彼女にはあんたの保護の手は必要ないし、逆の役割をひきうける気もさらさらない。かよわい少女の役割も、母親の役割も押しつけちゃいけない。セレーは宙航士だ。ポルレイターと直接コンタクトしていたあんたが特別な人物だってことも、彼女はわかっている。重要な存在だから、彼女はあんたを守るためならなんでもやるね」

「やめてくれ！」キャラモンがいきりたつ。

「いんや、そうさ」グッキーはしずかにいった。「ポルレイターたちは、ぼくらにとって、あんたには判断できないくらい重要な存在なんだ。セレー・ハーンにかぎらない。

いざというときには、ぼくら全員、命だって犠牲にするよ。あんただけでなく、ダノを守るためでも」

「そんなことは許せない！」キャラモンは絶望して叫んだ。「きみのことはわかっている。いまの説明は本気ではないだろう。それは完全にただの議論で……」

「そうじゃない。完全に真実だ」

「わたしはどうすればいいのだ？」キャラモンは茫然といった。「グッキー……あのポルレイターは頭がおかしいし、悪意に満ちている。わたしは望むと望まざるにかかわらず、自分を守らなくてはならない。おのれの生存にかかわるからだ。静観していたら、消されてしまう。それに対して自己防衛する権利もないのか？」

「もちろん、自分を守る権利はあるよ」と、ネズミ＝ビーバーは冷静に認める。「ぼくらはみんな、あんたにそうしてほしいと思ってる。だけど限度もあるんだ。あんたには、はっきりした目的があるんだろう？」

キャラモンは苦々しい笑みを浮かべて、

「ダノは、カルデクの盾を狙っているのだ」と、小声で答える。「カルデクの盾に近づこうとしているのを感じる……あと、ヴォワーレと接触して、秘密兵器を使用する力を得ようとしている」

「カルデクの盾って？」

「不明だ。さらにきかれる前にいっておくが、ヴォワーレがだれなのか、あるいはなんなのかも、秘密兵器のことも、ほとんどわからない。わかるのは、ダノがそれに大きな意味を認めているということだけだ。それがあれば、莫大な力を獲得できると期待している」

「わかった。じゃ、ポルレイターが目的を達成する前に、バリアを切らなくちゃ」

「すでに遅すぎるかもしれない！」

「大丈夫」グッキーは考えこんだ。「もしもダノが、ケラクスを危険な目にあわせずにぼくらを攻撃する手段を持ってるなら、すぐに察知できるよ。かれの探してるものがどこにあるか、見当はつく？」

キャラモンは一瞬、驚いて暴露してしまいそうになったが、ある思いが湧き、「正確にはわからない」と、ゆっくり答えた。「情報は不完全で、読みとるのに苦労したのだ。だが、ヴォワーレが赤いゾーンに存在するのはなんとか判明した」

実際は、そんなことはなにも知らなかった。トゥルギル＝ダノ＝ケルグはヴォワーレのことを、つねに女性的・母親的なものと考えていたが、その場所についてはわずかなヒントもしめさなかった。むしろキャラモンは、ヴォワーレは新モラガン・ポルドのどこにでも存在する可能性があるのではないかという漠とした疑いを感じていた。どこに行けば〝彼女〟が見つかるか、ダノ自身もわからないのではないか。

「ヴォーレと秘密兵器のあいだには明らかに関係があるね」グッキーは餌に食いついた。「両方を見つけて、ダノをそこから遠ざければ……」

「そうだ」キャラモンは慎重にうなずいた。「それはひとつの方法だろう……なによりも、同時にバリアを消すことができれば」

「すくなくとも、とっかかりがわかればなあ！」

キャラモンは必死に考えるふりをして、

「なにかがあった」と、とうとう眉間にしわをよせていった。グッキーが期待をこめてキャラモンを見つめる。一瞬、CCは、イルトとほかの三名をだまそうとしていることを深く恥じたが、ひとりでダノをかたづけなくてはならないという考えに集中した。仲間の同行を許せば、セレー・ハーンもその一員にくわわるだろう。ケラクスとの戦いは熾烈なものになると予想される。敵を正確に評価できているのは自分ひとりだけだと、キャラモンは信じていた。激戦になったら、仲間たちは反応に無気力さを見せるだろうと確信している……あるいは、確信していると自分に思いこませた。かれらは危機におちいり、命を落とす可能性さえあると。

セレー・ハーンを特別あつかいはできないと、グッキー自身が明白にしたではないか。彼女がキャラモンの配下にあれば、即座に《ソドム》に帰していただろう。しかし、それは不可能だ……まずセレーがそのような命令にしたがうかが疑わしい。さらに、かれが物笑いになるだけだろう。

それでもキャラモンは、セレー・ハーンには参加してほしくなかった。彼女をヴォワーレ捜索に参加させてはどうか？ このチャンスは悪くないと、キャラモンは自分に思いこませた。この件に関して自分が持っている漠然とした情報をあたえれば、セレーやほかの者たちはぜったいに謎の正体を暴こうとするだろう。いずれにしても、この捜索に向かわせられれば、いたるところで自分のことを監視するのをやめさせられる。また、かれらの生命を奪うかもしれないダノの居場所にキャラモンが接近するさいに、ついてこられることもないだろう。

問題なのはセレー・ハーンだけでなく、グッキーもだ。クリフトン・キャラモンが、ネズミ＝ビーバーを死に導く者になっていいのか？

考えるほど、口実はいくらでも見つかる。今回、嘘をつくための説得力ある理由は、それよりさらにあると確信した。

深呼吸し、ネズミ＝ビーバーの目をまっすぐ見つめる。

「いま、思いだした」と、考えながらゆっくり話した。目的地を増やさなくては。かれらが別行動をすれば、チャンスが生まれる。話をつづけた。「赤いゾーンにはピラミッド形建物がいくつかあるはず。そのうちの三つがわれわれにとって重要だ。ひとつにはヴォワーレ、ふたつめには秘密兵器、三つめにはバリアの制御ステーションがある」

そして手を振り、悲しそうな表情をしてみせ、

「だけど、赤いゾーンがどれだけひろいか、想像つくだろう、グッキー」と、落胆したようにつぶやいた。「残念ながらダノは、どれが問題のピラミッドなのかは教えなかった。どこを端緒（たんしょ）に探したらいいのか、まるでわからない」

「ふうん。で、カルデクの盾は？」

「それは、黄色いゾーンにある」キャラモンはあたえられた情報をしかるべく説明した。「しかも地下の貯蔵所のひとつのなかだ。地上にはドームと柱二本がある。中央ホールのまんなかにシャフトがあって、そこから貯蔵所に到達できるのだ」

キャラモンは、グッキーが超能力とともに理解力まで失っていないことをあてにした。ネズミ＝ビーバーは疑り深く慎重なので、かなりの賭けだ。しかし、ようやくグッキーは餌に食いついた。

「その貯蔵所は、特別な捜索活動をしなくても見つかるんだね？」と、たずねる。キャラモンがうなずくと、ネズミ＝ビーバーは話をつづけた。「するとダノは、カルデクの盾のありかをあんたに教えることをなんとも思わなかったのか。盾というからには……たぶん防御バリアに関係するんだろうな。ともかく武器のようには聞こえない」

「それはわたしには確信はないが」キャラモンは、ネズミ＝ビーバーが自身の推測を強めるのを狙い、疑うようにつぶやいた。

「そうにきまってるさ」グッキーが答えた。「ほかのはみんな、意味はない。あいつが本当に狙っているのは、ヴォワーレと秘密兵器だ」

キャラモンはここにどんな危険がひそんでいるかタイミングよく気づき、気持ちをおさえると、ためらった表情をうまくつづけた。

「それでも、カルデクの盾は重要だ」と、ゆっくりいい、絶望的な思いで埋もれた記憶を掘りだす苦労をしているように、額をぬぐった。「ダノはどんな犠牲をはらってでも、それを手にいれるはず……」

「きっと、ヴォワーレと秘密兵器に到達するために、そういう盾が必要なんだよ」グッキーは、キャラモンが誘導した話の本筋をとらえた。

「わたしにはそんなに確信は持てんな」キャラモンは躊躇しながらつぶやいた。「ダノはそんな話はなにものこしていかなかった」

「そんな話をしたとしたら、あいつはほんもののおろか者だ」グッキーがあざける。

ネズミ＝ビーバーは立ちあがり、思いきりからだをそらした。キャラモンは崩れた柱の上に腰をおろしていたので、イルトはほとんど見あげることなくキャラモンの目をまっすぐ見つめた。

「あいつのお楽しみをだいなしにしてやろう」グッキーはきっぱりいった。「問題のピラミッドは見つかるさ……ここにはそんなにたくさんないからね。この地帯にはピラミッドがかなりすくないって、あんたも気づいたろ？」

まさにその点にもとづいて、キャラモンはぺてんをしかけたのだった。この駆けひきの敗者はすくなくとも成功の見込みがあると信じた場合のみ、あたえられた方法を選ぶだろう。無数あるドーム形建物のなかにヴォワーレや秘密兵器があると思わせたら、きっと気力をなくしていたはずだ……

「充分すぎるほどあるぞ」と、それでもいう。

グッキーは、ほとんどはしゃいでいるように一本牙をむきだした。

「そうだよ。だけど、多すぎってほどじゃない。ぼくらは分かれて……」

この言葉がきっかけだったかのように、アラスカ・シェーデレーアとセレー・ハーンがほとんど同時にべつの道から姿をあらわした。

「向こうにずっとつづいている！」マスクの男が背後をさししめすと、セレーは横にならんでこういった。

「シュプールを発見したわ。ケラクスが通過したばかりみたい」

「どのくらい時間がたってるか、たしかめられた？」グッキーが緊張してきく。

「そんなに前じゃないわ」と、セレー・ハーン。

「こんな場所で、どうやってそれを判断したのだ？」アラスカが疑うようにつぶやく。

「ふつうのシュプールではないの」女テラナーは冷静に説明した。「足跡だけではなく、はがれた皮膚も見つけたのよ。ケラクスは重傷を負っていた。すでにあの生物に強力な再生能力があることは気づいていたでしょう。ケラクスは傷ついた組織をすくなくとも部分的にはがして、新しく育ててあげているのよ。わたしが見つけた皮膚の一部は、表面は乾いていたけど、からだに接する側はまだ湿っていた。ここの空気はかなり乾燥している……ケラクスが通ってから、せいぜい一時間しかたっていないわ」

キャラモンはグッキーと意味のこもった視線をかわした。本心を悟られることはない。

「ぼくらの友は急いでるらしい」ネズミ＝ビーバーはいった。「安心材料だね」

7

トゥルギル＝ダノ＝ケルグはカルデクの盾を手にいれたいということだけを願っていた。しかし、ほかの異人たちがクリフトン・キャラモンに合流したので、もうすこし敵から目をはなさずにいることが必要だと考えた。ケラクスのスピードは速く、まもなく赤いゾーンにはいれるだろう。

敵の立場からみてみようとした。キャラモンはいま、こちらのことをどうとらえているだろうか？

ひとつ明白な点がある。キャラモンがダノの窮地を知っていることだ。ダノの救い……人間のからだを乗っとること……は、キャラモンの破滅を意味する。ポルレイターの意識と鉱物との共存は可能だし、また、植物としての目的にあてはまる動きのみをする生物と統合することもできるだろう。しかし、どれほど単純でも本能を持つ動物が相手となると、困った問題が起きる……この、すこし前にふたたびコントロールできなくなった獣のなかで充分すごしてきたダノは、それを知っていた。

また、その結果もわかっている。キャラモンを乗っとれば、殺人をおかすことになる。精神的な殺人だ。肉体は生きのびるが、キャラモンの人格はまったくのこらないだろう。ひとつのからだで共存できればいいという思いが何度も脳裏をかすめることはあったが、ケラクスとの経験で、そのような考えは捨てていた。

つまり、キャラモンは生命の危機に瀕している。どう行動するだろうか？

トゥルギル＝ダノ＝ケルグは、自分がすでに同胞たちの要求にまったくこたえてこなかった事実をほとんど意識していないし、その事実と折りあってもいる。それでも、殺人をおかすことを考えるのは心おだやかではなかった。

だが、ほかに選択肢はない。こちらがテラナーのからだを乗っとる機会を見つけられなければ、キャラモンに殺されてしまう。それを阻止する方法はひとつだけ。カルデクの盾を発見し、そのひとつを使うのだ。

キャラモンもそれを知っているのは疑いの余地もなく、きっと妨害を試みるだろう。これまでのところは順調だ。しかし、ダノ……あるいはケラクス……の目の前で起きた出来ごとは、どう説明できるだろう？

ダノは赤いゾーンにあるさいころ形の低い建造物の上に登り、影になったすみっこでケラクスの身をカムフラージュしていた。そこから、敵が別方向に分散したのを見たのだ。道にしたがってふた手に分かれたなら、通常の行動と解釈できる。しかし、そうするかわりに、グループのうち三名はそれぞれべつの方向に向かい、ふたりがのこった……キャラモンと毛皮生物だ。

ダノは、ケラクスの敏感な聴覚を使った。生け贄とのあいだの奇妙な結びつきがなかったら、おそらく相手の声は獣の耳には充分にとどかなかっただろう。

「あいつはわれわれのずっと前方にいるはず」キャラモンがいう。「そこをなんとか突破しなくては」

キャラモンの同行者……ちいさい毛皮生物……は、うなずき、崩れた壁をよじのぼりはじめた。ダノは、キャラモンがぺてんを演じているのを感じた。テラナーは、ダノがずっと前方にいるなどといっている。

この瞬間、ポルレイターは、キャラモンが勝負に出たのだとわかった。仲間に対しても、それをしかけているのだ。ポルレイターは愕然とし、その感情が獣に伝わってしまった。ケラクスは攻撃的に反応した。からだを緊張させ、いまはかなり無防備に見える敵ふたりを滅ぼそうといきりたつ。

もどれ！　ダノは思考で命じた。

殺す！　ケラクスの未発達な意識がものほしそうにささやく。食う……もっと力を。

べつの場合であれば、ダノは獣の欲望に譲歩しただろう。しかし、いまは未来がかかっている。あのからだを獲得しなくてはならないのだ。

もし失敗したら？

ほんの一瞬、自身も誘惑を感じた。ケラクスと同じ思いに駆られ、共有するからだを傷つけた侵入者に残忍なまでの怒りを感じた。殺すのだ、なにも考えずに。滅ぼすのだ、結果を想像せずに。ただ、生きるのだ……

そのとき、まるでエコーのごとく、だれにも説明できないようなおぼろな姿がダノの前にあらわれた。

眼前に見えるのはメンタル・エネルギーの渦以外の何物でもなかった。見ているうちに、そこからいくつもの顔があらわになっていき、なにか話したいように動いた。ダノは耳をすまそうとしたが、他者のからだに宿る存在という状況に慣れてしまっていたので、ケラクスの聴覚器官を使うことしかできない。それは、このような類いのメッセージを聞くのには適さなかった。こうしてダノが誤りに気づいたとき、顔は黙りこんだ。しかし、まさにそれがよかったのだろう。突然、渦が姿をとったからだ。無数の切子面から、トゥルギル＝ダノ＝ケルグのさまざまな記憶を呼びおこす像が生じる。どんな記憶か正確には説明できないのだが。

自分が敬愛し崇拝するなにかが見える。ほんものの顔ではなく、夢から生まれた姿のようで……呪縛から逃れたら、この姿の詳細な部分をいくつでも列挙できるだろう。それでも、夢の実体に近づくことはないだろうが。

目の前にいるのはヴォワーレだった……描写しがたいもの。ダノは畏敬の念につつまれて硬直した。

「なにをしている？」ヴォワーレが憂慮したようにたずねる。「なぜ殺したいのだ？」

ポルレイターはぎくりとした。羞恥心がこみあげた。禁忌をおかして捕まった子供のような気分だ。まさに子供のように、本能的にいいのがれをしようとする。

「わたしではありません」あわてて答えた。「いまのはケラクス……わたしが囚われている獣の声です」

「囚われている？」ヴォワーレはまじめにきいた。「この生物に、体内にはいるように強制されたのか？」

ヴォワーレに嘘をついてだます力は、ダノにはなかった。

「いいえ」と、認める。「自由意志でこのからだにはいったのです。ですが、もう出られません」

「おまえは掟を破った」輝く物体が悲しそうにいう。「こうした生物との統合は禁じられているのを忘れたのか？」

「わたしにはほかに方法がありませんでした！」ダノは、しだいに思考力をとりもどして主張した。

ヴォワーレは黙っている。ポルレイターのなかで怒りが湧きあがった。種族の魂に、自分を非難する権利があるのか？　かつて自分たちは、未来の種族を助けるためにヴォワーレを創造したのではなかったのか？　せめてヴォワーレは、ポルレイターの遠大な計画のゆくすえをわかっているはずではなかったのか？

「いまとなっては、すべてがどうでもいい！」と、強くいった。「われわれの計画は失敗しました。ほかの者たちが新モラガン・ポルドをはなれてからどれだけたったか、ご存じでしょう？」

「わたしは年月を数えている。けっして忘れない」ヴォワーレは憂鬱そうに答えた。

「では、われわれのおかれた好ましくない状況ははっきりわかっているはず。ヴォワーレ、秘密兵器をください！」

「なぜだ？　使う目的は？」

「あらたな時代がはじまりました。わが種族の生きのこりが目ざめ、内なる核のバリアのそばで待っています。しかし、かれらだけではこられません。異人がともにいます。新モラガン・ポルドにくるべきでない生物たちです。わたしはバリアを開き、異人を追放しなくてはなりません」

「秘密兵器が役にたつとは思わない」ヴォワーレは色とりどりに輝いた。「それに、おまえがまた、さらにひどい掟破りをおかそうと決断しているのはわかっている。知性体と統合するつもりだな」

「そうしなくてはならないのです！」ダノは絶望しきって叫んだ。「わたしがどんなからだにはいっているか、状況がわからないのですか？　ケラクスでは、必要な処置をすることはできないでしょう。この生物は死にます」

「嘘をつくな」ヴォワーレは悲しそうにいった。「おまえのなかには、生きたいという欲望の炎が燃えている。死への恐怖から、掟を破り、知性体のからだを奪おうとしている。おまえは殺人者だ、トゥルギル＝ダノ＝ケルグ。ポルレイターの掟を忘れたのだな。よく考えよ！　改心するのだ、まだまにあううちに！」

ヴォワーレの出現ではじめに感じた羞恥心は消えさり、かわりに強烈な怒りでダノの心は占められた。目の前の輝く物体を見つめ、ただひとつのことだけを考えていた。ケラクスはとりかえしのつかないほど弱っていて、このままでは自分はこの獣とともに死ぬだろう。

「秘密兵器をください！」と、要求する。

「それではなにも解決できない」ヴォワーレは憂鬱そうだった。「おまえのいまの状況では変えられない」

「秘密兵器を！」ダノが荒々しく叫ぶと、ケラクスのちいさな脳まで怒りが伝わった。獣はすぐに反応し、ジャンプして……輝く姿の中央に着地した。ヴォワーレはまったく傷つかない。しかし、はじめダノはなにも気づかず、ケラクスの顎が閉じる音が聞こえただけだった。

「あきらめてもらいます、ヴォワーレ！」ダノは大声でいう。「わたしは秘密兵器を手にいれる！　その権利があるのだから！」

「残念だ、ダノ」ヴォワーレはいい、ダノの思考のなかをはてしない悲しみがはしった。気絶しそうなほどの強い悲しみだ。ケラクスが力なくうなだれる。ダノはヴォワーレがはなれていったのを知った。

「行かないでください！」絶望して呼びかける。「あなたは、わたしを助けなくてはならない。そのためにわれわれはあなたをつくったのです……窮地におちいったさいに救いを見いだせるように！」

「そうではない、ダノ」ヴォワーレがささやいた。輝く姿はしだいにちいさくなっていく。「そうではない。おまえが思いだせさえすれば……」

光は消え、ダノはさいころ形の建物の上で、獣の体内にひとりとりのこされた。ケラクスは空に向かって記念碑のようにしっかり立ちあがった。ヴォワーレと話しているあいだに安全なかくれ場から出てしまい、見逃されることのない目標物になっている。ダノはそれに気づき、驚いた。

あわててケラクスのからだを伏せて、斜路に到達できる場所に向かわせようとした。しかし、ヴォワーレについての思いにとらわれ、集中できない。

思いだせさえすれば、といっていたが、なんの話だったのか？　わたしにはもはや責任能力がなく、理性を失い、すべてを忘れてしまったといいたかったのか？

ダノの意識が苦々しく笑い、ケラクスがそれに反応し、あざけるような声を出した。なにも忘れていない。まだ深淵の騎士がいなかったとき、ポルレイターがヴォワーレを創造したことは正確におぼえている。だれもが自我の一部を提供し、そのすべてからヴォワーレを生みだしたのだ。ポルレイターが困難に直面したときに救えるようにと。それがヴォワーレの任務だ。ポルレイターを助け、守ること。秘密兵器をわたさない権利はない。

ヴォワーレはなんといっていた？　秘密兵器ではなにも変えられないと？

ダノの怒りははげしく、ケラクスが弱っているのも忘れて、意味もなく暴れまわった。かなりの時間が経過してから、自分が宿主をさらに弱めていることに気づき、おちつかせた。

より抑制しなくてはならない。こうして怒りを噴出させても役にはたたず、それどころか死につながる。

しかし、どうしてヴォワーレは奇妙な考えを持つにいたったのか？　なぜ反抗したのか？　義務をはたさなかった理由はなんだろうか？

義務……

〝良心〟という言葉が稲妻のようにひらめいた。

ヴォワーレはポルレイターの良心であり、番人であり、庇護者である。ポルレイター種族がネガティヴな力に屈する危機に脅かされたさいに介入するため、ヴォワーレはつくられたのだった。ヴォワーレは、深淵の騎士の先駆者たちに、その使命がどこにあるかを忘れないようにさせるべき存在なのだ。

思考がぼやけた。ダノの意識が苦しげにうめき、ケラクスは無力に地面にひっくりかえる。ダノは真実に近づいていたが、いままたそれを失ってしまった。

数分間、ダノは苦しみにもだえ、ケラクスは倒れたままだった。だが、またダノは怒りをおぼえ、獣は棒立ちになった。

よし、ヴォワーレは秘密兵器をわたさないのだな。秘密兵器ではなにもできないと主張していた。それは正しいのかもしれない。自分は死が迫った怪物の体内にいるのだし、秘密兵器の正体はわからない。ケラクスの鉤爪では操作できない複雑な機械の可能性もある。さらに、ケラクスの状況がダノにも影響をあたえているようだ。精神のバランスがとれない……それが不思議といえようか。クリフトン・キャラモンとつづけてきた戦いで弱っているのだ。

しかし、この戦いに勝ち、あらたな若く強いからだにはいったら、どうなるだろうか？　回復し、あらためてヴォワーレと、もうすこしまともに議論できる力がつくはずだ。そうなったらヴォワーレも、秘密兵器をわたさないという態度を貫くことはできないだろう。

あらたな勇気を得て、ダノは獣をひきかえさせた。もはやキャラモンに先手を打たれることはない……キャラモンは本当の目的地からかなりはなれてしまっている。おそらく黄色いゾーンにはいったら、すぐに間違いに気づくだろう。そこからもどり、ダノのもとに正面から飛びこんでくることになる。

そのときダノはカルデクの盾を使い、この長い戦いにようやく決着をつけることができるのだ。

＊

キャラモンが論理的な話で説得力をしめしたので、仲間たちはそれに乗るよりほかなかった。ＣＣは自分の個性が持つ全エネルギーを投入した。仲間をだますことが最善だとわかっていたからだ。それでも、仲間たちがはなれて赤いゾーンに向かっていき、自分だけのこると、みじめな気分になった。

ほかにどうすべきだったろうか？　勝者だけが生きのびる戦いが待ちかまえているのに。ケラクスのことは熟知していた。獣は疲弊していても、いまなお残忍な敵になりうる。キャラモンはのこされたチャンスを理論的に計算していた……きわめて悪い状況だ。

相手は、勝手知った恐ろしい獣と、グッキーによればこの宙域でもっとも知的な一生物との結合体である。それと戦って勝つというのは、現実にはありえないだろう。唯一の希望は、過去に存在していてグッキーに感銘をあたえた例のポルレイターたちと、ダノとはほとんど決別状態だという理解にもとづいている。しかし、ケラクスだけでも充分に危険なのだ。最後の決戦のさいには、仲間を巻きこみたくない。

さらにもうひとつ、仲間を追いはらうための根拠ある理由があった。この戦いには負けると悟っていたが、その場合、べつの方法でダノを打ち負かすつもりでいるのだ。たとえポルレイターが戦いに勝っても、すくなくともこのからだには宿らせない。この最後の計画が、困難につきあたる可能性があることはわかっていた。ポルレイターはキャラモンの肉体を改造しているので、古典的な方法はもう使えないだろう。実行したあとに、だれかが自分を見て、良心の葛藤をおぼえるのはいやだ……

考えるのをやめて、あたりを見まわす。一行は赤いゾーンに到着していた。キャラモンはうまく説明し、そこに探すべき印があり、それをたどっていくと制御ステーションや、ヴォワーレ、秘密兵器にたどりつけると、かれらを納得させていた。印は慎重に選んだ……この迷宮のどこにでもあるとわかっていた印だ。かれらはあまり重要ではない暗示をかんたんに発見するだろう……それに対して、ほんものの印は、このはてしなくひろがる町で探すのはかなりむずかしそうだった。

全員が出発するにあたり、キャラモンは緊急の場合だけしか通信連絡をしないようにたのんでいたので、いまも非常にしずかだった。風の音や、すみを動く砂粒のかすかな音が聞こえる。一度などは、荒々しく吠えるケラクスの声が聞こえた気がした。スピーカーに手をのばして、救難信号が響いているか確認したが、なにも変化はなかった。

「よし」と、ひとりごちた。「やりとげよう」

黄色いゾーンはどれもこの施設の中心にあった。とくにひろくはないが、重要な施設がかくされている。オレンジ色のゾーンになると、重要性は減少するものの、ひろさはまだ限定的だ。こうしてスペクトルが変化していくわけだが、また青いゾーンになると、そこまでの中間色のようにひろい空間は占めなくなるかわりに、内部で密集して色が濃くなる。

キャラモンは、一日もたたずに目的地に到着するとわかっていた。ほかの者たちはそのあいだに遠くはなれていて、飛翔装置を使ってやってきても、キャラモンが目的をはたすのを阻止するにはまにあわないだろう。

立ちあがって、出かけようとした……そのとき、女の姿を見て、根が生えたように立ちつくした。

どこからあらわれたのか考えようとしたが、わからない。説明はつかないが、ただそこにいた。彼女はとても美しかった……そのせいで、キャラモンのおもて向きの不信感も砂の城のように崩れさった。

あらゆる用心を忘れてしまったわけではなかった。この女が惑星に存在するはずがないとはわかっており、トゥルギル＝ダノ＝ケルグの策略に関係している可能性まで計算した。しかし、この女は明らかに丸腰で、テラナーに接近することなく、立ったままこちらを見つめていた。

「だれです？」キャラモンはたずね……同時に自身がおろかに思われた。自分でも説明できそうもない理由から、よりによってアルコン語で話しかけてしまったのだ。一方、この女はあの人に似ている……一度も会うことはなかったが、心から崇拝していたアルコン人女性、トーラに。もっとも、この女は、トーラの映像や写真では表現できないものと、キャラモンが彼女について考えていたもの、すべてを持っていた。繊細で輝くような美しさ、比類ない優雅さ、死が迫っていることを告げるような、目に見えない奇妙な徴（しるし）……ただし、それは避けられる死だ。追いはらうには、ただ決然とたちむかえばいい。

まったく理性的でないとわかっていた。それでも、この女を救うためなら、すべてを投げうつだろうと感じる。自分が質問をしたことも、その答えを得るまで待とうと思ったことも、完全に忘れていた。かわりに、ゆっくりこの見知らぬ女に近づいていき、両手をみずからあげて、ベルトにさげた武器に触れられないようなポーズをした。

「わたしはヴォワーレ」あと二メートルのところまで近づくと、女はいった。

キャラモンは雷に打たれたように立ちどまった。

「ヴォワーレ！」ささやき声でくりかえし、この名前が持つ意味を思いだそうとした。

「おまえに警告するためにやってきた」ヴォワーレはつづけた。

キャラモンはその鈴の音のように澄んだ声に耳をすまし、それが声ではなく、テレパシー・インパルスとして感じられるのがわかった。一瞬、はてしない悲しみの感情に襲われ……見知らぬ女の顔を見つめたまま、まわりの世界を忘れてしまった。

「おまえは危機におちいっている」ヴォワーレはしずかにいった。言葉のひとつひとつが彼女に痛みをもたらすかのようだった……キャラモンがこれまで想像もしたことのないような痛みだ。「ポルレイターを名乗る権利を失った者が、おまえの命を狙っている。おまえのからだをもとめている……」

「知っています」キャラモンは乱暴に答えた。「トゥルギル＝ダノ＝ケルグ。ケラクスの体内に居すわっています。かれとともにこの新モラガン・ポルドにのこった同胞ふたりのうちひとりが、活動体を破壊しました。いまはもう、統合すべきべつのからだはありません。わたしだけが唯一、かれにのこされた解決策です。ダノは自分の力の一部をわたしに植えつけました。いまはわたしをもとめています。ダノは死ぬのを恐れているのです」

「おまえは恐れていないのか?」

べつの女と話していたら、キャラモンはきっと嘘をついていただろう。しかし、トーラによく似た姿をしたヴォワーレは、ふつうの意味での女ではなかった。キャラモンは屈服した。

「いいえ」と、ささやく。「恐ろしいです」

つづいて新モラガン・ポルドに到達するまでの話をして、

「わたしは救難インパルスに誘われてやってきました」と、最後にいった。「なにか意味のある発見ができると考えたのです。しかし、発見したものは失望と驚愕でした。わが配下の乗員たちは死に、わたしだけが生きのこっています。ダノが、わたしを死なせないから」

「おまえは死にたいのか?」

「いいえ!」キャラモンははげしく答えた。「あれから経過した時間を考えれば、わたしは非常に老いてしまいました。ですが、長く深層睡眠状態にあったせいで、そうは感じないのです。生はわたしのそばを通りすぎていき、わたしはなにも感じませんでした。自分は若いと感じていて、生きたいのです」

「おのれの命をながらえるために、殺す覚悟をしたのだな?」

奇妙だった。ネズミ＝ビーバーが相手なら、このテーマについてまさに長広舌をふるっていただろうが、いまは、逃れることができなかった。

「はい」小声で答える。「あのポルレイターとまだ理性的に話しあえることを望んでいたのですが！　わたしはかれがケラクスにしたことを見ました……まさに倫理からはずれるものでした。自分にもあんな運命が待ちかまえていると考えるのは、耐えがたいのです。可能なら、かれを殺すでしょう。わたしの精神が殺され、からだを奪われる前に」

ヴォワーレがキャラモンを見つめる視線には、共感が読みとれた。

「ダノがおまえを誘導した道は間違っている」ヴォワーレはいい、その輪郭はぼやけていった。「青いゾーンへもどりなさい！」

「待ってください！」キャラモンは驚いた。「秘密兵器はどこです？」

「おまえ自身のなかに見つかるだろう……さもなければ、どこにもない」ヴォワーレの謎だらけの答えが聞こえたが、その声はすでにちいさく遠ざかっていた。

8

数分間、クリフトン・キャラモンは茫然と立ちつくしていたが、はげしい怒りにつつまれていった。この瞬間、ヴォワーレの正体と、彼女に迫る危険に気づいたのだ。

ＣＣが見たヴォワーレの姿は、もちろん実際には存在しない……あるいは、すくなくとも変幻自在なのだ。きっと彼女は、ポルレイターの前にはアルコン人女性の姿ではあらわれない。自分の潜在意識が強く作用して、ヴォワーレが像をつくりだしたことはまちがいないだろう……しかし、それにはヴォワーレ自身も関係していたのでは？　彼女は危機におちいっていて、この姿であらわれれば、キャラモンが手を貸すのを断らないとわかっていたのだろう。

そうでなければ、自分をたよるわけがない。手を貸そう。彼女を救えたら、秘密兵器をあたえてもらえるだろう。

彼女がどんな危機に脅かされているか知っている。ダノによる危機だ。あの頭のおかしい男は、キャラモンの意識を消そうとしているだけでなく、秘密兵器を入手するため、ヴォワーレも倒そうとしているのだ。

そんな状況で、ヴォワーレに選択肢がほかにあっただろうか？

ヴォワーレが自分を支えてくれると、キャラモンはわかっていた。理由は、ふたりのあいだに共感が生まれたため。また、トゥルギル＝ダノ＝ケルグがポルレイターの道をはずれたためだった。ダノはその行動によって、ポルレイターが信じていたポジティヴな目標をすべて疑わしいものにした。この目標は、ヴォワーレのなかでは明白なものだったのだが。

ヴォワーレは良心の塊りであり、ポルレイターの生きる指針以外の何物でもない。種族の各人が文字どおり、自分の最高のものを提供してヴォワーレをつくりあげた。すべての誠実さ、献身、善の力が勝利することへの信頼が、ヴォワーレのなかに存在していた。ヴォワーレは信頼、愛、理解、善……ポルレイターたちが懸命につくりあげていたときから、かれらのなかでポジティヴなもののすべてだった。だからこそ、ヴォワーレはダノに殺害をさせるわけにはいかないのだ……利己的なくだらない動機による殺害など。

一方、ヴォワーレは生物を殺せる形態ではない。秘密兵器を使うこともできない。連帯者が必要だ。ダノは脱落した……だから、キャラモンを協力させようとしたのだ。

キャラモンはよろこんで手を貸す心づもりができていた。仮の姿しか見ていない事実に気づいていたが、それはどうでもよかった。ヴォワーレを愛しており、自分が愛されているのもわかっていた。そうでなければ、なぜ自分をたよったのだ？　ほかに、直接この戦いに参加しておらず、公正な判断ができそうな者もいただろうに。

ヴォワーレの実際の姿がどんなものであれ……それは意味をなさない。自身の命を脅かす危機を、キャラモンはいまは忘れていた。

飛翔装置のスイッチをいれ、赤のゾーンからむらさき色のゾーンを通りすぎ、青い建物をこえ、《ソドム》からほど近いドームの前に立った。傾斜のきつい斜路の奥の暗がりを、重苦しい気分で探る。目のはしに、ほかの者たちも到着したのをとらえた……あわてて飛んでくる自分を観察していたにちがいない。近づかないほうがいいと、必死に呼びかけるが、聞こえないようだ。キャラモンは大急ぎで向きを変え、ドームに駆けこんだ。ホールを横切り、博物館に似た空間にはいる。下へつづく斜路があり、そこにつくと敵の姿が見えた。

＊

ダノはまだケラクスの体内にいたが、獣は怪しい微光につつまれていた。キャラモンは思わず立ちどまり、驚いた。

ダノはカルデクの盾をすでに入手したのだ！

ケラクスがあざけるような声をあげ、同時にキャラモンは、久しぶりにダノの思考を受信した。

〈そうだ〉と、ポルレイターはいった。〈これですでに勝敗は決まったようなもの。おまえは盾にはたどりつけない。わたしが手にいれた。おまえはこの勝負に負けた。だが最終的に勝利する前に、わたしはおまえの仲間を殺す。われわれの戦いについて報告する証人は抹殺しなければならぬ〉

ケラクスがすばやく接近してくるのを、キャラモンは愕然として見ていた。銃をぬき、発射するが、エネルギー・ビームは獣にとどかず、赤い光のなかに消えた。ダノのテレパシー性の笑い声が、キャラモンの思考のなかで恐ろしく響く。

〈もはやわたしをとめられない〉と、思考が伝わる。〈じゃまをするな。さもないと、すぐにからだを乗っとるぞ……そうしたら、おまえの手で、仲間に死をもたらすことになるのだ〉

キャラモンはぎょっとしてあとずさり、ケラクスはわきを通りぬけた。すぐに上から声が聞こえ、パラライザーの特徴的なうなるような音が響いた。ケラクスは巨大なヘビのように斜路を駆けのぼった。カルデクの盾のおかげで、ダメージをうけないのだ……それなのに、上にいるおろか者たちは、まだ獣を気絶させることばかり考えている。

キャラモンは通信機の出力を最大にして呼びかけた。

「もどれ！　すぐに退却するんだ！　でなければチャンスはない！」

この呼びかけに対する応答は、ただ獣がはげしく尾でたたく音だけだった。キャラモンはわきに跳び、斜路を転がりおちた。そこは巨大なホールで、箱のような仕切りが無数にあり、そのすべてに未知の制御物質のついた銀色に輝くベルトがあった。

カルデクの盾だ……何万もある。

キャラモンはよろめきながらそこに向かったが、突然、目に見えない壁に衝突した。たたいてみるが、壁はびくともしない。

いきなりすぐそばにヴォワーレが見えて、キャラモンは向きなおった。

「助けてください！」と、呼びかける。「秘密兵器を！」

ヴォワーレは悲しそうにかぶりを振った。

「秘密兵器はこの戦いでは役にたたない。キャラモン……すぐに戦いをやめるのだ！」

キャラモンは数秒間ヴォワーレを見つめるうちに、怒りがこみあげた。

「わたしを見殺しにするのですか？」と、苦々しく問う。「ここにわたしを誘いだし、助けると約束したのに、突然、いっさい知らないという。こうなったら、あなたがいなくても、自分だけで解決する！」

「なんと！」

ヴォワーレはじゃまをしようとしたが、キャラモンは押してしりぞけ、斜路を駆けあがった。目の前にケラクスの尾が見える。銃撃すると同時に、またダノとの謎のつながりが生じた。

「おまえを殺す！」キャラモンは叫んだ。「ケラクスは死ぬだろう。聞こえるか、獣よ。おまえは死ぬのだ。そんな光を帯びたところで、わたしの銃を避けられると本気で信じているのか？　ダノがおまえをうまく利用しようとして、まるめこんだだけだ！　ロボットのことを思いだせ。おまえを半殺しにしたのと同じ武器を、わたしは持っているのだ！」

獣が困惑したのを感じて、キャラモンはまた銃撃した。ケラクスのわきをかすめるように狙う。なんとなく外で展開していることを察知し、獣の注意をそらさなくてはならないと感じたのだ。ほかの者たちは、深入りしすぎていた。アラスカ・シェーデレーアはすでに軽傷を負っている。ダノが獣をドームの外に出してしまったら、全員、長くはもたないだろう。

ケラクスはまたひるんだ。未知者の武器を恐れているのだ。キャラモンはそれを利用するつもりだった。

エネルギー・ビームがケラクスの頭をかすめ、見慣れない機器から火花が出る。二度めの銃撃で、反対側に炎があがった。ケラクスがあとずさり、キャラモンは次の目標にきびしく狙いを定めた。

突然、ヴォワーレがわきにあらわれた。

「やめよ!」と、哀願する。「ケラクスはおまえの敵ではない。ただの動物だ。そのからだを使ってダノがしたことに対し、獣にまったく罪はない。ケラクスが本能にしたがえば……」

しかし、キャラモンには、よりによってこの瞬間、ケラクスの罪の有無を議論する気はなかった。銃撃がはなたれ、獣の頭の上方にあたり、燃えあがった瓦礫が雨となって落ちてくる。

ケラクスが吠え、キャラモンは身をかくすためにわきに跳んだ。しかし、このとき見た光景に愕然とした。獣はあらゆる予測に反して前に突進し、斜路の先端まで登り、外に転げでたのだ。ヘビのようなからだをはげしくくねらせている。悲鳴が聞こえ、キャラモンは頭のなかにはげしい痛みを感じると、気絶したように倒れた。

外でだれかが死んだ。だれかはわからない。はげしい痛みに身もだえし、このままあきらめたいという欲求を感じた。しかし、見あげると、ケラクスが向かってきている。キャラモンは腕を使ってゆっくり立ちあがり、走りだそうとした。しかし、チャンスはないとわかった。すみに追いつめられ、逃れるすべはない。ケラクスがとまった。

〈終わりだ〉ポルレイターがいった。〈おまえのからだをよこすのだ!〉

「いやだ!」キャラモンは咳きこみながら答えた。「そんなことさせるものか!」

銃をかかげ、最後の逃げ道を切り開こうとした。だが、赤い揺らめきがまたたく間にひろがり、テラナーをつつみ、からだを麻痺させた。

〈おまえは負けたのだ〉ダノがいう。〈そろそろ認めろ。わたしをとめることは、だれにもできない〉

「わたしを忘れている」

ヴォワーレのやさしい声が響いた。キャラモンは驚いて、見知った輝く姿がダノとのあいだにあらわれるのを見つめた。赤い揺らめきがひいていく。

「戦いをやめよ！」ヴォワーレがいった。「講和を結ぶのだ」

「どいてください！」ポルレイターは怒った。

キャラモンは必死に両手をヴォワーレにのばした。

「秘密兵器を！」息がつまりそうになりながら懇願する。「秘密兵器をください。あなたともども殺される前に、ダノを殺す」

ヴォワーレがキャラモンのほうを向いた。その顔に深い悲しみが宿っている。

「秘密兵器がなんなのか、まだわからないのか？」ヴォワーレはしずかにたずねた。「ポルレイターは、自分たちがネガティヴな力の犠牲にならないように、わたしを創造した。ネガティヴな力が、ポルレイターのような種族をかんたんに破滅させると思うか？　そうはせず……かれらを道具にするだろう。この種族の道を誤った一員になにができるか、おまえは自分の目で見たはず。そのような挑戦に対する本当の答えに、暴力がなると思うか？　暴力はあらたな暴力しか生まない。この悪循環を突破する唯一の答えは、愛という武器……すべてをあたえる無償の愛だ。愛だけが力に抵抗できる。それどころか、愛によって無敵なまでに強くなれるのだ。どんな武器も力を発揮できないまでに」

キャラモンはしずまっていく赤い揺らめきをぼんやり見ていた。同時にヴォワーレは朦朧として透明になっていった。

「だめだ！」キャラモンは絶望して叫ぶ。ヴォワーレが自分を守るために消えようとしていると、本能的にわかったのだ。「いけません！　もどってきてください！」

「もう遅すぎる」ヴォワーレの声がかすかに響くが、顔はほとんどわからない。「わが種族の者がカルデクの盾を手にして向かってきたなら、秘密兵器は一度しか使えない。わたしがたちむかわなくてはならないネガティヴな力が、強大すぎて……」

「ヴォワーレ！」キャラモンはわれを忘れたように叫んだ。「この獣を殺す力をください！」

しかし、ヴォワーレはもはやそこにはいなかった。怒りと驚きにつつまれ、キャラモンはケラクスのほうを向いた。赤いエネルギー・フィールドは消えていた。銀色のベルトは光を失い、金属のような輝きも消えていた。

「ヴォワーレを殺したのだな！」キャラモンは憎しみをこめていい、銃をかかげた。

「償うのだ、トゥルギル＝ダノ＝ケルグ！」

応えはなかった。ケラクスは石のようになっていた。キャラモンは不安になり、考えた。いまのダノにどんな残虐なことができるだろうか。無防備になったように見えるケラクスを銃撃するのが、なぜかためらわれた。

「あいつはヴォワーレを殺した」と、ひとり言をいう。「復讐をしなくては」

しかし、ほぼ同じ瞬間、ケラクスが倒れた。赤褐色の長いからだが震えながらのびて、しずかになった。最後の強烈な戦いで力を使いはたしたのだ。ケラクスは死に、それとともにトゥルギル＝ダノ＝ケルグも死んだ。キャラモンは精神のどこかで、ダノが必死に自分の体内に侵入しようとしているような、ひっかかりを感じた気がした。それも過ぎると、恐ろしい虚脱感に襲われた。ダノが死んだせいではない。ヴォワーレに向かって、何度も呼びかけたが、応えはなかった。長いあいだ耳をすまし、ついにあきらめた。ヴォワーレも死んだのだ。

ほかの者たちは？

疲れた足どりで、斜路をあがっていった。戦闘服はひきさけ、歩くじゃまになる。飛翔装置は壊れていた。ほかになにが破壊されたかわからなかったが、いまはどうでもよかった。

半壊した正面入口から出ると、グッキーがアラスカ・シェーデレーアの世話をしているのが見えた。キャラモンは安堵した……グッキーは元気で、マスクの男もすぐに回復しそうだ。しかし、ネズミ＝ビーバーがなにかいいたげな目でわきを見やった。

キャラモンは、この戦いを生きのびられなかったヌールー・ティンボンとセレー・ハーンの前からしばらく動けなかった。ふたりの死を悼んだ。だが、そのあいだもくりかえし、ヴォワーレの姿が頭に浮かんだ。

ヴォワーレとともに、消えてはならないものが消えたというぼんやりした感覚が生まれ、将来に不安を感じていた。

ポルレイターの道

ホルスト・ホフマン

登場人物

ペリー・ローダン……………………………宇宙ハンザ代表
ロナルド・テケナー…………………………もとＵＳＯスペシャリスト
ジェニファー・ティロン……………………テケナーの妻
ブラッドリー・
　　フォン・クサンテン……………………《ラカル・ウールヴァ》艦長
ニッキ・フリッケル
ナークトル
ジョーン・ルガーテ
メーソン・フォウリー
……………………同乗員。搭載艇長
ハリー
ドン
グレガー
……………………………………………同乗員。技師
クリンヴァンス＝
　　オソ＝メグ（オソ）
ラファサテル＝
　　コロ＝ソス（コロ）
……………ポルレイター

1

「ぶちのめされてもいいくらい驚いたぞ。だって、外にかれらの仲間がひとりいる！」

ハリーは控え室の出入口に立っていた。かれのほかに宙航士が四名いて、シフト勤務につく用意をしていた。つまり、ジョーン・ルガーテとメーソン・フォウリーの搭載艇長二名にとっては、またしずかな一日がはじまると思われるということだった。

あとのふたりは、ハリーと同じ技師だ。名はグレガーとドンといい、ハリーと同じでひとつ名を名乗っている。《ラカル・ウールヴァ》艦内では、ハリー、ドン、グレガーの三名はいつもいっしょに行動することで知られていた。ともに旗艦に勤務し、そのうちのひとりがあらわれると、つづいてほかのふたりもかならず姿をあらわす。なかには、かれらが幼少時には同じ砂場で遊び、長じてからは同じガールフレンドを共有したのかと、きく者もいた。

淹れたてのコーヒーの香りがする。ジョーンは目を細めた。あくびをしてシートにもたれ、手足をのばす。

「なかにもどりなさいよ、ハリー」と、眠そうにいう。「お願いだから、その言葉づかいはやめて。だれが外にいるっていうの？」

「巨大エビの一体さ。活動体だ！」

身長一・七メートル弱の小太りの技師は、また格納庫に通じる通廊をうかがった。

「ポルレイターか？」ドンだ。その体格から、赤ら顔やブロンドの短髪まで、まったくハリーの双子の兄弟といってもいい。ドンは凝集口糧を一本、歯のあいだで転がした。

「昨晩のきみの誕生祝いパーティで飲みすぎたんじゃないのか。どうしてポルレイターがこんなところに迷いこむんだ。最近のごたごたのあと、ペリーはやさしく、しかし、きっぱりとかれらに忠告したはずだ。このバリアを突破する方法が見つかるまで、自分たちの居室を出るな、と」

ハリーは出入口の内側にもどり、怒ったようにかぶりを振った。

「いっただろう、かれらの仲間がそこにいるって。信じないなら、自分で見てみればいい！」

「それであなたが満足するならね」ジョーンは嘆息して立ちあがった。「朝食時にポルレイターか。わたし、かれらが艦全体で暴れまわっていたときのすり傷がまだのこっているわ。できればあれが最初で最後の出会いであってほしいんだけど」

「かれらがああいう行動に出た理由はわかっているだろう」グレガーがなだめるようにいった。ドンとハリーよりも頭ふたつぶん背が高く、極端な痩軀のために〝アラス〟とあだ名がついている。グレガーは熱いコーヒーをすすると、そっとカップを置いた。

「きみも一度かれらのように、石か木に閉じこめられてみたらどうだ。そうしたら、同じように荒れ狂うだろう」

ジョーンは手を振り、ちいさいテーブルをよけた。

「そうかもね、グレッグ。だけど、かれらがまた艦から出ていってくれたら、とんでもなくうれしいわ」

それは、まだ〝ポルレイター反射〟の記憶が生々しい大半の乗員の意見を代弁していた。

ジョーンは出入口まで行こうとしたが、できなかった。通廊をさらによくのぞいたハリーが悲鳴をあげ、まっすぐジョーンの腕のなかに飛びこんできたのだ。

ハリーが立っていたまさにその場所に、いま、活動体の前半身が出入口から滑りこんできた。ジョーンはハリーをつきはなし、思わずあとずさった。

数秒間、ポルレイターの黄土色の顔が見えた。歯のない大きな口、かたそうな顎、円形にならんだ八個の青い目がある。上に向かうほど細くなる上体には、二本の腕があり、先端ははさみのようになっていて、それぞれ指が六本ある。関節が深く刻まれたずんぐりした短い両方のうしろ足と、まんなかのすこし長い二本の足で立っている。

活動体はさらに前に動きだし、出入口をふさいだ。

グレガー、ドン、メーソン・フォウリーは跳びあがり、釘づけになったように立ちつくした。ハリーが急いでテーブルにやってくる。ジョーンだけが、もとの場所にのこっていた。

巨大エビの上体が揺れている。ジョーンには、動かない目が自分を詳細に調べていて、なにかを探しているように思えた……ここにきたのは親善訪問が目的ではないという印象をぬぐえなかった。

ほかの者たちも危険を感じたにちがいない。フォウリーが小声でいった。

「おちついて、お嬢さん」

「たぶん、かれは……なにかほしがっている」ハリーがささやく。

「きっと、迷ってきたのではないわ」と、ジョーンは小型トランスレーターを作動させたが、ひと言もいえないうちに、ポルレイターは向きを変えて通廊に姿を消してしまった。

「やれやれ!」ドンがいった。「ここでまたなにかがはじまるかと思ったよ」

「ポルレイターの行き先を考えたほうがいいわ」ジョーンがいう。

ハリーは蒼白になった。

「格納庫か？」

「よくわかっているじゃないの。まさに向こうに行ったわ。あそこにはスタート準備のととのったスペース＝ジェットがある。理解できた？」

ハリーははげしくかぶりを振った。

「きみの考えてることはわかる、ジョーン。だが、それはすぐ忘れたほうがいい」

「どうして？　ポルレイターの一グループは、《ラカル・ウールヴァ》がバリアを突破できず、かれらの五惑星施設にはいれないのは、われわれ人類の責任だと考えている。自分たちだけでやれると、かれらは思っているのよ」

「グッキーは搭載艇でバリアを突破したからな！」フォウリーは口笛のような音をもらした。「きっと、艦内のポルレイター全員がそれを知っている。つまり、さっきのポルレイターは、スペース＝ジェットで同じ方法をためそうとしているということか……？」

「司令室に報告しなくては！」ハリーが興奮する。

「なにをいっているの。自分たちでかたづけましょう」ジョーンはロッカーに向かい、そこを開いた。「あとをついていきましょう。わたしの意見が正しいかどうか、すぐにわかるわ」

棚からパラライザーをとり、また扉を閉める。

銃を振って合図した。

「なにをじっとしているの？」

ハリーは彼女の手を茫然と見つめた。

「それをしまうんだ、ジョーン！　ポルレイターを脅そうとしたとペリーに知られたら、ひどく叱責されるぞ！」

「出発するスペース＝ジェットを突然スクリーンで見ることになったら、ペリーはそれこそ立腹するわ」

フォウリーとグレガーも忠告したが、ジョーンは手を振るだけでキャビンを出ていった。

格納庫ハッチまで、分岐点はない。ポルレイターはハッチの前でとまり、明らかにそこを開けようとしていた。

十メートルまで接近すると、ジョーンはパラライザーで狙いをつけた。

「われわれ全員、大変なことになる、ジョーン！」ハリーの声がまた聞こえる。技師たちとフォウリーは彼女に追いついた。ハリーはジョーンの腕をおろさせようとしたが、ジョーンはそれをかわした。

「ポルレイター！」ジョーンは呼びかける。「ハッチの制御盤から指をはなして、ゆっくりこっちを向きなさい。さあ、そうよ。面倒は起こしたくないの。だから、自分がいるべき場所にもどりなさい」

活動体は百八十度まわり、青い目で脅すように人間たちを見すえた。

またジョーンは詳細に調べられているような気がした。一瞬、自分がちいさくおろかに思えた。

艦内でかれらはこの艦の主人のようにふるまっている！と、女搭載艇長は考えた。わたしたちに感謝すべきなのに、そうはせず、自分たちのほうが有能だと考えている！

ジョーンはひどく傲慢だと思い、パラライザーを振った。

「聞こえないの？ロボットを呼ぶ前に、ここからはなれなさい。あなたの麻痺したからだが反重力プレートで運ばれることになるわよ！これが最後よ！仲間のところにもどりなさい！」

「どうかしてる！」ハリーはささやき、すばやく女とポルレイターとのあいだにはいり、必死に腕をひろげて説得した。

「彼女は、そんなつもりじゃないんだ。だけど、あなたがすべきことは……」

それ以上話せないうちに、活動体が向かってきて、ハリーは悲鳴をあげ、跳びのいた。

パラライザーが音をたて、わずかに的をはずした。ポルレイターはジョーンたちの上をこえ、かれらに青あざをのこして、通廊にもどっていった。

腹這いになったまま、ジョーン・ルガーテは両手でパラライザーを握った。活動体が曲がり角の前でとまったのを見て発射する。

次の瞬間、フォウリーが近づき、パラライザーをとりあげ、どなった。

「なにをしでかしたか、わかっているのか？　銃撃しか解決法がなかった中世に逆もどりしたのか？」

ジョーンはかれを見つめた。

「だけど、わたしは……」

フォウリーは嘆息し、ジョーンを助けおこした。

「きみの気持ちはわからなくもない。だが、ゲストがこちらを蛮人とみなしたら、かれらの行動にも一理あることになる」

「ごめんなさい」女宙航士はささやいた。

ジョーンがふたたびしっかり立てるようになると、フォウリーは彼女をはなし、ドンにパラライザーをわたして近くのインターカムに向かった。

ポルレイターの姿はどこにも見えなかった。ジョーンがまた撃ち損じたか、あるいは、活動体およびそこに統合しているポルレイターにはビームが効かないかだろう。

前者であるようにとフォウリーが願っていると、ラス・ツバイの顔がスクリーンにあらわれた。

《ラカル・ウールヴァ》の司令室には、ツバイのほかにペリー・ローダン、ブラッドリー・フォン・クサンテン、ジェニファー・ティロン、フェルマー・ロイドがいた。勤務中の乗員たちもそろっている。

*

自由テラナー連盟所属の巨大宇宙艦は、依然として、新モラガン・ポルドへの航行を妨げる目に見えないバリアを前にしていた。

LFTと宇宙ハンザの艦船二百八十隻……星雲級が十隻、スター級重巡が百隻、コグ船が百隻、軽ハルク船が五十隻、重ハルク船が二十隻……からなる複合艦隊が、すこしはなれて待機していた。

スペース＝ジェットで出発したグッキー、アラスカ・シェーデレーア、セレー・ハーン、ヌールー・ティンボンのグループがバリアを突破したあと、通信機やテレパシーでの交信はとだえていた。

しかし、この瞬間、フェルマー・ロイドがローダンに、グッキーの弱いインパルスをとらえたかもしれないと知らせた。

ローダンは驚いて顔をあげた。これまで観察スクリーンの前にすわり、周囲の様子に没頭していたのだ。このM－3中枢部の宇宙空間の眺めからはなれるのは、何度くりかえしてもむずかしい。星々が密集しているため、それぞれの惑星では永久に夜は訪れないが、これらの星々がいかに年をへているかという事実をつきつけられる。銀河ハロー部の球状星団にあてはまる法則どおり、ほとんどすべての星々が種族Ⅱに属している。大半を占めるのは赤色巨星で、燃えているのはもはや水素ではなく、ヘリウムやそのほかの重い元素だ。バリアの向こうの、人工的につくられた軌道を五惑星がめぐる問題の恒星も、そうした赤色巨星のひとつである。

「本当にそうか？」ローダンがたずねる。「確信はないのだろう？」

フェルマーは困惑したように、

「バリアの向こうからとどくインパルスは感じています。弱すぎるし、曖昧すぎますが、グッキーの可能性はあるでしょう」

ローダンは立ちあがった。ブラッドリー・フォン・クサンテンが近より、問いかけるようにふたりを見つめた。ラス・ツバイがインターカムをとるのに、ローダンは目をとめた。

「ちびはわれわれと交信するために、全力をつくすでしょう」と、クサンテンがいう。

「こちらの協力が必要な状況におちいったのかもしれません。重要な発見があったのかもしれない。あるいは、バリアの除去に成功したのか」

ローダンはかぶりを振った。

「われわれ、この数週間、すでに充分、推論をくりひろげてきた、ブラッドリー。フェルマー、グッキーのインパルスがわれわれに向けられているのかだけでも、たしかめられないか？　あるいは、きみがこの距離をこえてかんたんに……」

「グッキーを見つけだしたかどうか、ですか？」フェルマーはひかえめに笑った。「ペリー、グッキーかどうかもわからないのですよ」

「通信をためしましょう」と、フォン・クサンテン。この提案にローダンがうなずくと、艦長は装置に向かい、みずから作業をひきうけた。

ラス・ツバイが悪態をついた。話していた相手の顔がインターカム・スクリーンから消えると、ラスはかぶりを振って、ローダンとフェルマーのところにきて、シートにすわりこんだ。

「われわれがいなければとっくにわが家に帰れたはずと証明するために、明らかにスペース＝ジェットを奪おうとしていた一ポルレイターを、数人のおろか者がとめようとしたのです。ポルレイターがジェットをあつかえたか疑わしいという点はともかくとして……かれらはパラライザーで銃撃する以上にましなことはなにもできませんでした」

ローダンとロイドは鋭い視線をかわした。

「もう一度いってくれ」ローダンは驚いてテレポーターにもとめた。

ラスは両手を機器パネルに置いてうなずいた。

「かれらは、ポルレイターが自分たちを脅し、格納庫へのハッチを開けさせようとしたといっています。ジョーン・ルガーテとかいう女がパラライザーで銃撃したようですが、運よく命中しませんでした。ポルレイターのシュプールは見あたりません」

ローダンは重苦しい気分で立ち、クサンテンのほうを見やった。こちらはグッキーとの接触に苦心していたが、成果はあがっていないようだ。

「われわれのゲストがだれかということも、事故は避けるべきということも、全乗員が把握していると思っていたが」と、ローダン。

「ペリー、乗員たちは不安なのです。大勢がポルレイターを怪しく感じています。あなたがポルレイターを監禁したという噂もあります。ほかにどんな噂がひろがっていることか！」

「われわれ、乗員に充分に情報を伝えないという間違いをおかしたのかもしれない」ローダンはきびしい口調でいった。「だが、それでも、メンタリティもこの条件下でどう行動するかもかんたんに理解できない生物を、銃撃する理由にはならない！」

自分でさえ、まだかれらを把握していないのに！

ローダンはそう考えたが、それは弁解にはならない。

艦内の状況は充分ひどいものだった。クリンヴァンス＝オソ＝メグとその仲間はテラナーたちへの共感をさらに深めていたが、オソの〝政敵〟であるラフサテル＝コロ＝ソスのもとに集まる者の数は、増加の一途をたどっている。

救助されたポルレイター二千十一名の半数がコロを支持し、人類が新モラガン・ポルドにはいることを許さないと主張していると、ローダンは見積もっていた。

オソは急速に支持者を失っている。その理由はローダンには、はかり知れなかった。テラナー側は、ポルレイター反射とそれにともなうかれらの行動に対し、慎重に理解をしめしている。ポルレイターはあらゆる種類の行動体験において、信じがたいほどの遅れをとりもどす必要があるのだ、と。

なのに、こんどはこれか！　と、ローダンは考え、

「そのポルレイターに問題が起こらないことを祈るしかない」と、憂鬱そうにいった。

「しかし、いずれにしても……この無意味な行動は煽動者たちを活気づけるだけだ。ラス、オソを司令室に呼んでもらいたい」

ツバイがうなずき、

「コロも呼びましょうか？」

ローダンは一瞬、躊躇した。

「それができればいちばんいいだろう。艦内の空気が、ある意味淀んでいるのは、われわれの責任ではない。その状況を変化させたくはない」

この発言からだけでも、ペリー・ローダンが、どれだけバリア崩壊の瞬間を待ち焦が

れているかが伝わってくる。

ポルレイターたちは二百万年をへて故郷に帰りたいと望んでいるが、すくなくともかれらの一部は、そこで待ちかまえているものについて、完全に誤った想像をしているようだ。

では、ローダンは、ポルレイターのかくれ場になにを期待しているのだろうか？　いくつかの答えは明白である。深淵の騎士の先駆者組織について知識を深めることだ。それにより、宇宙的関連についてのあらたな認識を得られる。その認識とは、三つの究極の謎の答えに近づくヒント……とくに、そのうち最初の謎に対する答えだ。

クリンヴァンス＝オソ＝メグは、自分と救われた同胞たちが新モラガン・ポルドに到着できれば、フロストルービンに関する質問に答えられるだろうと、ローダンに話した。五惑星施設に関して考えると、ローダンは何度も不吉な疑問につきあたることになった。セト＝アポフィスがすでにそこで足場をかためているのではないか、すくなくとも工作員が活動しているのではないか、という疑問だ。

それは、この星系への艦隊の進入が阻止されていることと、ポルレイターがダルゲーテンの協力で統合物の近くに遍在していた活動体に移動できたあと、迎えの輸送船が一隻も惑星オルサファルへ派遣されなかったことから、説明できるだろう。

ブラッドリー・フォン・クサンテンの咳ばらいで、ペリー・ローダンは不毛な物思いからひきもどされた。艦長の顔を一瞥(いちべつ)しただけで、四名からなる部隊との通信を必死に試みた結果がわかる。

「だめでした」クサンテンがいう。

「だが、またインパルスを感じるぞ」フェルマー・ロイドがしつこく主張した。「グッキーのものだと確信できる」

ローダンは眉をあげ、探るように友を見つめた。

「いまになって突然か、フェルマー?」

「もう一度ためしたほうがいいかと思います」いつのまにかそばにきていたジェニファー・ティロンがいった。

「わたしも同意見です。インパルスがとどくのは、バリアの崩壊から生じた結果としか考えられません」クサンテンが賛成する。「それに、いまはまだオソとその支持者たちが優勢です。かれらは、われわれが五惑星施設へ進入しようとするのを拒んではいません」

ローダンは力なく微笑した。

「そうして全員一致しているのを前にして、わたしにほかになにができようか?」

フェルマーは笑顔で片手をローダンの肩に置いた。

「本心をかくすのがあまりうまくないですな、ペリー。ですが、すでに心が決まっているなら、実行すべきです。ラスがここにラフサテル＝コロ＝ソスを連れてくる前に」

数分後、巨大艦はスタートした。

＊

ローダンは、バリアへの……まだそれがあるならだが……接近を見守っていた。モニターには、失敗に終わった最初の試みでの観察にもとづいた数字がならび、危険ポイントまでの距離が急速に縮まっていることを告げている。

司令室では話をしている者はほとんどいなかった。フォン・クサンテンが通常どおりしずかに指示をくだし、フェルマー・ロイドはローダンの問いかけるような視線にうなずくだけだ。

無意識のうちにペリーは、グッキーの驚くべき発見について考えていた。結果として、それがこの出動にとって決定的だったのだ。

ネズミ＝ビーバーは、目的の方向からくる奇妙なインパルスをとらえ、しかもそれが二種類あったと報告して、ひどく興奮していた。一方はかなり攻撃的で、他方は〝どこかなじみがある〟と、感じられたということだった。

危険な計画をみずから実行する許可を得るために、グッキーはささやかなトリックを使った。それはそれでやっかいだったが、イルトの興奮はほんものだった。

よりによってこの場所で、そんなインパルスをだれが発するのだろうか？

この問いに対する答えも、新モラガン・ポルドで得られるとローダンは考えていた。数字の列がゼロの値いに近づいてきた。ローダンは機器パネルの上の指を軽く曲げ、思わず息をとめて、最初の突入のさいと同じく、興奮に水をさされるような経験をするのではないかと待ちかまえた。

探知機はなにも表示しない。司令室に不気味な静寂がたちこめる。ローダンは首をまわし、ジェニファー・ティロン、ブラッドリー・フォン・クサンテン、カルフェシュとともにやってきたジェン・サリクの無表情な顔を眺めた。

このとき大声を発したのは、フォン・クサンテンだった。

「われわれ、突破したんだ！　やってのけた！　バリアはなくなった！」

宙航士たちのあいだに安堵感がひろがった。《ラカル・ウールヴァ》は妨げられることなく、赤色巨星に向かって進んでいる。

ローダンはあらたな状況を現状としてすばやく把握する能力の持ち主であることをしめし、ふたたび前方に目を向けてこういった。

「ブラッドリー、艦隊に、安全な距離をたもちつつ、われわれのあとを追わせてもらいたい……威嚇と思われるのを避けるため、接近しすぎないように。だが、《ラカル・ウールヴァ》が攻撃をうけた場合はいつでも介入できる距離で」

「指示してきます」

フォン・クサンテンはそこをはなれた。フェルマーは、M－3中枢部のみごとな星々の渦や星雲をうつすスクリーンから目をはなさず、こういった。

「さらなるインパルスを感じます。相いかわらず不明瞭ですが、グッキーのものにほかの者のインパルスもまじりました」

「つまり、アラスカ、セレー、ヌールーのものですか？」サリクがたずねる。

ロイドは答えなかった。極度に緊張した顔つきだ。そのとき、べつのものがローダンを驚かせた。

だれかがロイドにさらに質問する前に、ラス・ツバイがあらわれたのだ……クリンヴァンス＝オソ＝メグとラフサテル＝コロ＝ソスとともに。この二名は、ほかのポルレイターたちと同じく、活動体の姿だと区別がつかない。通常、会話のなかでようやく相手がだれか判明していく。だが今回は、片方が宇宙空間をうつすスクリーンを非難するように指さしたため、判別はかんたんだった。

「艦をもどすのだ！」コロが要求した。「搭載艇を提供してもらえれば、われわれはここをはなれられる。その後、艇はここにもどすよう手配する。あなたたちは即座にひきかえし、搭載艇が格納庫にもどったら、この星団をはなれよ！」

ローダンは冷静をたもち、時間を稼ぐためにゆっくり話した。

「あなたがたのひとりが、すでに搭載艇を使おうとした、コロ」

期待どおり、コロはすぐにこの話に食いついた。フォン・クサンテンはだれにともなくほほえんだ。このあいだに短い超光速航行がプログラムされ、《ラカル・ウールヴァ》が五惑星施設の境界のすぐそばに到達したのを確認したのだ。

ラフサテル＝コロ＝ソスはローダン、サリク、ロイドの前でからだを起こした。八個の目が微光をはなっている。

「その話題を出すには、しかるべき辛抱強さが必要となるぞ、ペリー・ローダン！この事件は、われわれの世界にあなたがたを侵入させるのが許しがたい過ちにつながると、明白にしめしている。あなたがたはわれわれを統合物から解放し、責務をはたした。これからのことは、もはや関係ない！」

ローダンはおちついてうなずき、コロの連れに目をやった。

「あなたも同意見か、オソ？」

「そうではないとわかっているだろう」第一覚醒者は強者の言語で答えた。ローダン、サリク、カルフェシュ以外の、司令室に集まった者たちは、任務に支障のない範囲で、この会話をトランスレーターで追っていた。「最終的には多数決で決定される……大多数はいまのところ、わたしと同意見だ。われわれはあなたがたを信じているし、さらなる航行のじゃまはしない」

「いまのところ、だ！」コロがどなる。「だが、もはや長くはない！　われわれの最初の惑星に到達する前に、大多数がテラナーの行動を非難するだろう！　着陸したら、まずわれわれは……」

ほのめかしただけだったが、きわめて効果的だった。

「いまのが脅迫でないというなら、脅迫など存在しませんけど」ジェニファー・ティロンがいう。

コロはジェニファーのほうを向いた。

「好きなようにうけとめればいい。あなたがたの責務ははたした。まだひきかえす道ものこされている。だが、それでもわれわれの惑星に降りると主張するなら、なにが起ころうとも責任は自分たちでとるがいい！」

そういってもう一度ペリー・ローダンのほうを向いた。

「タンナハル＝モヨ＝リルトを銃撃した者たちの処罰と無力化を要求する！」

コロは人々には目もくれずに司令室を出ていった。

「無力化？」サリクがたずねる。「つまり、ルガーテを……処刑するという意味でなかったのだといいが！」

オツは否定して、

「ただ、銃撃者たちに、似たようなことをくりかえさせないでほしい。この点については、わたしもコロと同意見にならざるをえない。バリアを突破したいまとなっては、騒ぎはまたたく間に拡散する。次の事件が起きたら、コロの予告は実現するだろう。好ましいことではないが」

ブラッドリー・フォン・クサンテンが、超光速航行が間近に迫っていると合図した。五秒後、準備は完了した。ローダンは緊張してオソを見つめたが、ポルレイターは心の内はみじんも外にあらわさなかった。

「ジョーン・ルガーテの話を聞くことにしましょう」ジェニファー・ティロンがいった。「コロは事情がよくわかっていないようです。わかっていれば、罪が証明されてもいないのに罪人あつかいはしないでしょう」

オソは気分がふさいでいるようだったが、とうとう笑いだした。

「タンナハル＝モヨ＝リルトもばかなことをしたものだ。搭載艇を手にいれようとするとは。だが、似たようなことがこれから艦内のあちこちで起こると、覚悟したほうがいい」

「くわしく説明してもらいたい」ローダンがいった。

「数時間前から、われわれポルレイターはあらたな奇妙な興奮につつまれている。わたし自身もそれを感じるが、説明はできない。この動揺は、われわれの大半をコロのもとへ追いたてるものとはまったく関係ない。なにかべつのもので、不安を感じる」

「ポルレイター反射が復活したのですか？」ジェニファーがたずねた。

「違う。そうではない。だが、あらゆることにそなえて準備したほうがいい……ポルレイター側の破壊行動にも」

ローダンはフェルマー・ロイドをすばやく見たが、テレパスはなにかに夢中になっているようだった。

なにかが起きている！　ローダンは考えた。ここと……五惑星で？

「では、モヨの行動の原因は、その破壊性なのか？」ジェン・サリクがたずねる。

「タンナハル＝モヨ＝リルトは、これまでは冷静な者の一名だった」オソがはぐらかすように答えた。

ドゥンジャ・ハリシュがやってきて、より具体的な情報がはいった。ハリシュはまだ年若い女宙航士かつ天文学者で、司令室からの連絡を艦の各セクターに伝えている。

「いい知らせではありません、ペリー。《ラカル・ウールヴァ》のほぼ全艦内から、突然ポルレイターがあらわれ乗員を困らせていると連絡がきています。かれらが機器に突進し、正気にもどすのが困難だということで、乗員たちは動揺しています。どう行動すべきかと、質問をうけました」

やっかいな話ではあったが、攻撃ではないようだった。

「ポルレイターたちをおちつかせるようにやってみてください、オソ」ジェニファー・ティロンはたのんだ。

「やってはみるが」と、オソ。「あまり期待しないでほしい」

出入口で立ちどまり、オソはまた振りかえった。

「惑星に着陸して下艦するのは、早ければ早いほどいい。われわれ全員にとって！」

そういって、ようやく姿を消した。

ローダンとサリクは驚いて目を見かわした。

「どういうことでしょうか、ペリー？」深淵の騎士はたずねた。

ローダンはかぶりを振った。

「それがわかれば！ジェニファー、全ステーションに周知させてくれ。なにが起こりうるか、全乗員が知る必要がある。かっとして無分別な行動に出るようなことは二度とくりかえしてはならない……なにが起ころうとも、それを徹底するのだ。迷ったら、われわれに連絡すること」

ジェニファーはうなずき、指示を実行した。ラス・ツバイが同行し、敵対行動が起こった場合、そこにテレポーテーションできるようにそなえる。

ペリー・ローダンは操作卓によりかかり、からだを支えた。いまそばにいるのは、サリクだけだった。ロイドもいたが、こちらは周囲の現実から完全に自分を切りはなしたかのように見える。

惑星クーラトで騎士任命式を終えたふたりは、頭の痛い問題すべてに答えが得られるかのように、数列が流れるスクリーンを凝視した。

「考えることが一銀河ぶんほどもあるようだな、ジェン」ローダンはささやいた。

サリクは苦笑した。

「おそらく、あなたも同じではないでしょうか、ペリー。あのポルレイターたちに、宇宙の秩序のためコスモクラートの指示で戦う者たちと、まだどんな共通点があるのかと考えているのですね」

「白状しなくてはならないが」と、ローダン。「わたしはかれらを、もうすこし違う種族と想像していた。しかし、同時に、かれらを判断するさいになにを基準にできるか問わなければならない……われわれに判断する権利があるとするなら、だが」

「それはりっぱな思考法ですが、どんな状況でもあてはまるわけではありません」サリクは指摘した。「われわれはまわりで起きている出来ごとを見るのがいやで、目を閉じてしまっているのかもしれません。事実は、ポルレイターの行動に、もはや否定できないある種の拒絶があるということです。かれらは変わりました……その過程がまだ完了していないのではないかと不安を感じます」

ローダンはまたセト＝アポフィスのことを考えた。敵対する超越知性体がポルレイターに影響をあたえているかもしれないという想像は、非現実的すぎて、まだうけいれられない。

あるいは、ジェンの言葉がここでも正しいのか？　想像もできない結果だという理由で、なにかから目をそらしているのか？

セト＝アポフィスは人類をおのれの工作員にした。イホ・トロトと、ダルゲーテンの心もとらえた。後者のほうは、すぐれた能力と意志の力で、なんとかふたたび心をとらえられることは回避したが。

ポルレイターにも同じことが起きているのだろうか？　いらだった行動も、潜在意識の奥底で防衛のための戦いがおこなわれている結果なのだろうか？

ローダンは、明確な答えが得られるのではないかと期待をこめて、カルフェシュを見つめた。しかし、かつてのコスモクラートの使者は沈黙したままだった。

かわりにフォン・クサンテンの声が超光速航行の終了を告げた。《ラカル・ウールヴァ》は適度な距離をたもった艦隊をひきつれ、アインシュタイン空間に復帰した。

スクリーンには、赤色巨星が巨神の赤く燃える目のように光る。司令室の乗員たちは畏敬の念に打たれたように、五惑星施設の立体映像を見つめた。

目の前の光景は、厳(おごそ)かな秩序につつまれていた。偶然によるものはなにもなく、不均衡なものはすべて排除されている。

五惑星のすべては、オソがアエルサンと呼んだ赤い恒星の周囲で、ひとつの軸を中心に同じ平面の上を公転していた。ただ、たがいの距離だけが大きく異なっている。二百万年前からまったく変化がないように見えるこの星系に、《ラカル・ウールヴァ》はゆっくり進入していった。

ローダンは突然、航行の続行にためらいを感じた。

静寂と平穏という印象はまやかしかもしれない。これまでの長い旅路での苦い経験は忘れられない。予測せぬあらたな障害がくりかえしあらわれ、乗りこえるのはほぼ不可能だろうと思い知らされてきた。

ローダンは思わず《ダン・ピコット》の運命を考えざるをえなかった。

さらなる困難も予想される。奥深くに踏みこんでからその本質がわかるというのは、いやなものだ。

しかもコロの、誤解の余地のない〝警告〟もあった。

状況は、艦内の問題でさらに困難になっている。

「乗員には情報を伝えました」ジェニファー・ティロンが静寂を破った。「こちらから敵対行動を起こすことはありません」

「だといいが」ローダンは暗い声でいった。「それにくわえて、念のため、相手には気づかれないようにポルレイターをいまから常時、監視したほうがいいだろう」

フォン・クサンテンが同意した。

「かれらには装備がありません。活動体が使えるものをのぞいては。しかし、それでもかれらは充分に危険です。思いもしないような力を発揮するかもしれず、それはだれにもわからないのです」

先の見通せない、ひどいゲームだ！　M－3への遠征隊が出発したさいにいだいていた大きな望みを葬りさることには、ローダンはまだ抵抗を感じる。そのせいで人類は、倫理的・道徳的にすぐれた存在であったポルレイターの最後の生きのこりと、敵対しあっているのだろうか？

「いや、ありえない！」フェルマー・ロイドがいきなり叫んだ。

乗員たちは頭をめぐらし、全員が目を向けた。テレパスはお手あげだというように腕をひろげている。

「グッキーのインパルスをやっと完全に明瞭にとらえることができました。グッキーとアラスカと……あとひとりです！」

フォン・クサンテンは目を閉じた。ほかの者たちは問いかけるように見つめる。

ロイドは、裏づけるようにうなずいた。

ローダンが片手をあげた。

「グッキーとアラスカと、あとふたりといいたかったのだろう……セレーとヌールーのことだ」

「違います！ セレーとヌールーについてはなにもとらえられません。かわりにべつの人類のインパルスがあります！」

ジェニファー・ティロンは手を振った。

「ありえません、フェルマー。わたしたちの友以外に人類がいるなんて」

「そうか？ グッキーがうけた、なじみがあると感じた謎のインパルスはどうだ？」

ジェン・サリクは腕組みをした。

「フェルマー、つまり結論は、グッキーがその人類とどこかで知りあっていたということですね」

「アトランではない」テレパスが、だれも口には出さないがそれぞれの顔にしっかり記されていた質問に答える。「信じられないなら、それでもいい。だが、セレーでもヌールーでもないインパルスをはっきり感じるんだ！」

「それ以上は、わからないのだな？」ローダンが急いでたずねた。「つまり、きみがよく知っている人物のものではないということか？」

フェルマーはただ強くうなずいただけだった。

ローダンは腰をおろし、またカルフェシュを見つめた。

「だが、ほかのふたりのインパルスもうけとめられるはず」サリクがいう。「スクリーンからかんたんに消えてしまったりできないでしょう」

「そうだが、しかし……」

フェルマーは恐ろしい不安を口に出さなかったが、暗示するだけで充分だった。

「五惑星のうち、どこがインパルスの発信地だ？」ローダンがたずねる。

「第三惑星です」フェルマーが茫然と答えた。

こうして《ラカル・ウールヴァ》の目的地は定まった。

2

「青！」クリフトン・キャラモンははげしくいった。「この青は、いまの状況にぴったりだ！　ボトルを一本調達してくれたら、百万ソリ支払うぞ。その中身があれば、この状況を心のなかでもつくりあげられる！」

提督は両腕をひろげて、グッキーとアラスカ・シェーデレーアの前に立っていた。グッキーたちのほうはうなだれて、広大な盆地のはしにある四角い建物二棟のあいだの低い金属のへりに腰かけている。

「おちつきなよ」グッキーが過去からの男を見ることなくつぶやいた。「あんたがここで百京ソリはらっても一滴の酒も得られないだろうし、それはべつとして、酒なんか役にたたないよ」

キャラモンはなにかぶつぶついうと、塔に似た左右の建物をそなえた大きな青いドームに暗い目を向けた。

一見して、その建物が直径五千メートルの盆地をかこむ無数の構造物と同じだろうとわかった。惑星ズルゥト全体が、基本的にここと変わらないようだった。火星よりややちいさいこの惑星は、卓越した方法で統一されたスーパー・メカニズムだった。考えうるかぎりのかたちの建造物が地表全体を網のようにおおっていて、ひろいゾーンが色で区分けされている。ここは目のとどくかぎり青一色だ。

この構造物の下になにがあるのか。しぶとい敵だったトゥルギル＝ダノ＝ケルグから知った範囲をこえる部分については、推測するしかなかった。惑星ユルギルと同じように、地下に巨大施設があるのだろう。

それがあっても、ほとんどなにもできないだろうが、塔のあいだのドームの下になにがあるかは、正確にわかっている。

そこはカルデクの盾を保管する場所だ。それが無数に区切られたひとつのホールなのか……あるいは複数のホールなのか、キャラモンには断言できなかった。ダノを体内に宿したケラクスが立ちはだかり、盾を獲得したとき、貯蔵所の奥深くにははいれなかったのだ。

短くも恐ろしかった戦いを思いだし、キャラモンは身震いした。いくつもの装置や操作キイがついた銀色の太い金属ベルトをからだに巻きつけ、とてつもないエネルギーから発する赤いオーラにつつまれたケラクスの姿を、今後忘れることはないだろう。

それ以上は考えるのを避けていたが、考えなくてはならない！　どうしようもない怒りにつつまれたとき、ヴォワーレがふたたび、妄想にとりつかれた者と自身とのあいだにあらわれたのだった。最初は明るく輝く光が見え、やがてその中心にいる姿がわかった……ヴォワーレ、ポルレイターの魂である！

　ヴォワーレはキャラモンのために死んだ。ダノのカルデク・オーラを吸収し、無力化してくれたのだ。しかし、その驚くべき力を発揮するのに、みずからの命を代償とすることになった。

　恐ろしい空虚感がキャラモンのなかにのこった。痛みと、ヴォワーレとともにまさに消えてしまったかもしれないものへの恐れとともに。

　あれは自分のせいではなかっただろうか？　ヴォワーレの忠告を聞いて、ダノとの戦いをやめるべきではなかったのか？　数分前に会ったかのように、ヴォワーレの嘆願がまだ聞こえてくる。

　しかし、キャラモンは憎しみと、ダノと同様に追いもとめていた秘密兵器を所有したいという欲望で盲目になっていた。

　ヴォワーレは最期の言葉で秘密兵器の正体を告げた……見返りをもとめない愛だと。

「この宇宙空間に存在する最強のもの……」キャラモンは小声でつぶやいた。

「なに？」グッキーがきく。

　キャラモンは驚き、イルトを見つめた。

それはかつて知っていた、おふざけとちいさな冒険が好きなネズミ＝ビーバーではなかった。グッキーとシェーデレーアは、貯蔵所をめぐる戦いで失った仲間ふたりの死に動揺していた。

さらに悪いことに、グッキーは超能力を失っている。

「すべてひとえに、わたしの責任だ」キャラモンはぼそりといった。過ぎさった時代の、大胆で向こう見ずだったころの面影はほとんどない。ときどき、荒い気性がかすめるだけだ。

グッキーはへりから跳びおりると、両手をまるまるとした腰にあてた。

「そろそろ、自分をあわれむのはやめなよ、CC！　起きちゃったことはしかたないんだ。だけど、罪悪感でどうしていいかわからないなら、せめてそこから学んでおくれ。ひょっとすると、ぼくらがもう二十五世紀には生きていなくて、問題にとりくむべつの方法を見つけたことを、ようやく理解できるかもね」

キャラモンは反論しない。もう弁明は必要なかった。

「ここにはもはや用事はない」口を開いたのはアラスカだった。「いずれにせよ、さしあたりは。そろそろまた、ここを脱出する方法を考えたらどうだろう」

「なら、考えることないよ」と、グッキー。「ペリーと仲間たちが、ここでの事件を知るはずだ。遅すぎることにならないうちに」そういって嘆息し、盆地のすこしはなれた場所にあるキャラモンの戦闘艦《ソドム》を見やった。

直径五百メートルの艦は、多くの建造物のなかで目だっていて、この幻想的な世界では場違いに見える。

ここはすべてが単調で特色がなく、人類にはくつろげなかった。人工大気があり、平均気温は二十・五度にたもたれていたが、惑星全体が心を浸食せんばかりの冷たい雰囲気に満ちている。海も動植物相もないのだ。

見た目の美しい構造物も、完全に孤立しているという感覚の印象ばかりは変えられない。グッキーは内心ぞっとして、緑の公園や流れる水を思いかえした。宇宙船内の設備にすぎないとしても。

「《ソドム》でスタートしようと本気で思っているのか？」キャラモンが低い声でたずねる。

「もちろん、あの巨体でじゃないよ」と、グッキー。「だけど、千五百年以上前の機器類がまだほとんど機能しているから、搭載艇もちゃんと飛ぶはずだ。ぼくらのスペース＝ジェットで成功したんだから、また同じことができるんじゃないかな」

アラスカはかすかにうなずいた。

「ためしても損にはならないな」と、いつものたどたどしい口調でいう。キャラモンはかれのマスクを見つめ、その下にかくされたものが想像できる気がした。カピンの断片だというアラスカのそっけない答えでは、とりつく島もないのだが。

アラスカは立ちあがるとふたりにうなずき、むだ口をたたくことなく、動きはじめた。グッキーは移動手段としては役にたたないし、乗り物はない。好むと好まざるとにかかわらず、徒歩で行かなくてはならない。

イルトはアラスカのあとをついていく。キャラモンだけがためらっていた。

「特別な招待状でも必要なのかい?」アラスカがCCに注意を向けたとき、グッキーがたずねた。

キャラモンは大きな丸屋根を眺めた。

「待ってくれ! この機会に、カルデクの盾をとってきたらどうだろう」

「問題外ですよ!」アラスカが無愛想にうけながす。

「だが、貯蔵所の扉はまだ開いている。すくなくとも武器を調査できたら、ローダンはよろこぶだろう」

「CC」と、グッキーはため息をついた。「あんたが思っているより、ぼくらはずっとあんたのことをよく理解してる、友よ。誘惑に勝てないんだろ。秘密兵器を追いもとめてしでかしたことだけじゃ、満足できないの?」

「〝自分〟のためではない!」〝硬直の霊堂〟から出てきた男は主張した。「いまいましい! われわれがいずれカルデクの盾で攻撃されないと、だれが保証できるのか?」

「だれが攻撃してくるんです？」アラスカが嘆息する。

「武器があるところには、やがてそれを使う者があらわれるのだ、ミスタ・シェーデレーア！」キャラモンがいきりたつ。「これまでの経験から、わかるはず！」

「そろそろ〝ミスタ〟はやめると思ったけど」と、グッキーが嘆いた。

アラスカは無愛想に手を振った。

「われわれは、武器を使う者にはなりません、キャラモン提督。この話は終わりです。あの盾は危険すぎます。触れないほうがいい。さ、出発しましょう！」

グッキーはなだめるような目つきで提督を見つめ、キャラモンが近づくのを待つと、その手を握った。

このあたりの盆地の地面はたいらではなく、三名は障害を乗りこえながら進むことを強いられた。高さのある人工台地があるかと思えば、パイプのようなものや、金属プレートを組みあわせた薄くて高い壁もあった。それらは、各ゾーンを区切るために、だれかがここにとりいれたかのような印象をあたえた。

どうしてもよじのぼれない場所は迂回しなくてはならなかったが、時間がかかりすぎるときは、グッキーとアラスカは提督をあいだにいれて、宇宙服に装備されたグラヴォ・パックを使った。

いずれも時間を浪費する行程で、体格の違う一行は《ソドム》までの距離をまだ半分も進んでいない。そのとき、アラスカがいきなり立ちどまり、星々に一面おおわれた空をさしめした。

赤い恒星はすでに沈んでおり、いまは天空でまたたく数千の光点がとってかわっていた。

そのひとつが動いている。

「宇宙船だ!」キャラモンが思わず声をもらした。

「ありえますね」アラスカがゆっくりいう。「ダノと、なによりもヴォワーレの死によって、ここズルウトのどこかで、あるいはほかの四惑星で、なにがひきおこされたか、われわれにはわからないのですから」

「せいぜいロボットにわずらわされるくらいだろう」と、キャラモン。「われわれ以外に生物がいるなら、ダノから知識を得られているはず。それでも、ここに立っていては、考えられるなかでもっとも格好の標的になってしまう……しかもほとんど丸腰だ。どこかにかくれ場を探さなくては」

アラスカは決心しかねている。グッキーは、予期せぬ思考インパルスをうまくとらえられないかと必死に試みているようだった。

「あれは、われわれの艦かもしれません」転送障害者はいった。

「そうか?」キャラモンは無礼な笑い声をたてた。「ネズミ=ビーバーしかバリアを突破できないと思っていたが」

この言葉に応える者はいなかった。数秒間、三名は頭をそらして立ちつくしていたが、光点はしだいに大きくなっていった。盆地をこえようとするかに見える。

ミニカムが反応したとき、数時間ぶりにグッキーが一本牙をむきだした。アラスカとネズミ＝ビーバーが機器を作動させる。キャラモンはほとんど聞きとれないかすかな声しかとらえられず、むっつりとかぶりを振って、

「だれかわたしに秘密を知らせてくれるといいが……」と、皮肉をいった。

アラスカがミニカムになにかをいった。グッキーはキャラモンのほうを向き、指二本でVサインをつくった。

「もうすぐ現代のテラの宇宙航行やほかの秘密を知ることができるぜ、CC。頭上に見えるのは、ぼくらの《ラカル・ウールヴァ》だ。あとから艦隊もきている」

「艦隊！」

一瞬、キャラモンの目が光った。〝艦隊〟という言葉だけでも衝撃を感じているようだ。

「向こうと連絡できました」アラスカが告げた。「また盆地のはしにひきかえしたほうがいいでしょう。《ラカル・ウールヴァ》が着陸します」

十五分後、三名は四角い建物二棟のあいだにある貯蔵所のそばにいた。威厳たっぷり

にゆっくりと旗艦が降りてくる。光り輝く宝石のような巨大宇宙艦に、キャラモンは言葉を失ったが、

「こんな船をつくりあげたのか！」と、とうとう声をもらした。

グッキーはわずかににやりとした。

「《ソル》を見せられたらよかったよね、アラスカ？ でなかったら、《バジス》とかさ」

シェーデレーアは話にくわわらなかった。グッキーの一本牙もすぐにひっこんだ。ペリー・ローダンと仲間たちにしなくてはならない報告に思いいたったのだ。

まだローダンたちは特務乗員ふたりの死を知らない。

ほとんどなにも知らないのだ……孤立した三名がいると思われる場所のこと以外は、なにも。

盆地の上空、高度三千メートル地点で《ラカル・ウールヴァ》は静止した。艦体の光が増えて、格納庫ハッチが開き、十数機の搭載艇が飛びたった。

「なにがあっても、これだけは変わらないな」キャラモンがつぶやいた。「ペリー・ローダンはつねに安全な方策を選ぶ」

「お願いだからさ、ＣＣ」グッキーがたのんだ。「いまは口をつぐんでてよ」

ネズミ＝ビーバーは、そんなつもりではなかった、という目つきをしたが、キャラモ

ンは言葉どおりうけとめた。

グッキーは、こんなかたちで友たちと再会することになるとは、まったく想像していなかった。アラスカは石のようにかたまっている。

かつては力強い言葉に困ることのなかったCCもまた、もはや話す気にはなれなかった。

待機の時が過ぎて、悲しみの気持ちが心にどっと押しよせていた。

ローダン、ロイド、ツバイとの再会を、連れふたりよりも楽しみにしていた。しかし、それが間近に迫ると、思いはヴォワーレに向かった。

こんなことは望んでいなかった！　と、心のなかで叫ぶ。

ヴォワーレをよみがえらせることは不可能だ……自分にも、そしてポルレイターにも。

キャラモンは息もできないまま、最初の搭載艇が盆地に降りてくるのを目で追った。

グッキーはまた通信していた。小型艇の一機が、まっすぐ向かってきている。

＊

「わたしたちが？」ジョーン・ルガーテは理解できないようにきいた。「もう一度いって、メーソン。わたしたちが、外に出なくてはならないの？」

メーソン・フォウリーはうなずいた。

「出動計画と、命令によって。われわれの〝ブランコ〟二機は第二陣で、グッキーたちが見つかった盆地のさらに遠くまで調査することになった。きみのほうの乗員たちはすでに乗りこんでいて、あとは艇長だけだ」

ジョーンは片手をあげた。

「ちょっと待って、メーソン。わたしたちは、あのポルレイターの件があるから、ひかえているべきなんじゃなかったの？」

「たしかにそうだった。いま、出動命令が出たのは、予想とは異なる展開になったからにちがいない。聞いたかぎりでは、グッキーとアラスカは下で……〝古参兵〟を見つけだしたらしい」

ジョーンはカップの中身を飲み干した。きょう、十二杯めのコーヒーだ。

格納庫制御システムのところにすわったまま、立ちあがる気配はない。透明な仕切り壁ごしに、ハリー、グレガー、ドンがスペース＝ジェットのコクピットにいるのが見える。ハリーが手で合図してきた。

「メーソン、きのうの誕生祝いパーティでは、わたしはあまり飲まなかったというのに、あなたがそんなにおかしくなっていたとは知らなかったわ。古参兵って、いったいなんのこと？」しかし、ジョーンは答えを聞く前に手を振った。「わたしたち、待機していたほうがいいわ。外に出ろなんて、上層部がいちばんいいそうもないことだもの。あなたは出動命令をうけたかもしれないけど、わたしはなにも聞いていない。なにかいわれるまでは、ここをはなれない……メーソン？」

フォウリーはインターカム装置のところに立った。はりつめた女の顔がスクリーンにうつる。フォウリーがなにをいったか、ジョーンにはわからなかった。一方、ジェニファー・ティロンの返事は大きく響いた。

「どういうこと？　もちろん、ジョーンは出動するのよ！　ペリーがすぐに面倒をみるわよ、それで彼女が元気になるなら」

フォウリーはにやりとしてスイッチを切ると、困ったそぶりでジョーンのほうに振りかえった。

「さ、これで納得したか？」

「いまの、ジェニファーよね？」ジョーンはいわずもがなのことをたずねた。

「ああ。それで？」

ジョーンはシートをうしろにずらすと、ゆっくり立ちあがった。

「彼女がわたしたちのことを気にかけていたとは、知らなかったわ」

「司令室のようすはわかっただろう。ジョーン、ブランコをこぐか、ここですわったまま命令を拒否するか、よく考えるんだな。乗員が待っているから、わたしは秒単位まで時刻きっかりに《ラカル・ウールヴァ》を出る」

そういってフォウリーは制御室を出て、隣りの格納庫へつづくエアロック室の前であらためて立ちどまると、大声でいった。

「あと四分十七秒だ！　うまくやれよ！」

「あなたも」ジョーンはつぶやき、フォウリーの背後でちいさいエアロック・ハッチが閉まるまで見送った。

格納庫の内側ハッチはまだ開いている。ジョーンはスペース＝ジェットのコクピットにはいってから閉めることを習慣にしている。信頼しているスペース＝ジェットの名は《ハリ・ガリ》といった。非公式につけた名前だが。

今回も、習慣どおりに行動するつもりだ。

ハリーとドンのあいだの操縦席にすわると、まず両手で目をこすり、仲間たちを疲れたように見つめた。

「わたしがきみだったら、《ラカル・ウールヴァ》をしばらくはなれられるのはうれしいよ」と、ドンは慎重にいった。

ジョーンは気をとりなおしたように、シートにすわりなおした。

「そのとおりね、ドニー。では、惑星を一度よく見てみましょう。具体的にはなにをすればいいの？」

こういって、ひとさし指で、モニターの下のスイッチに触れていく。すぐにスクリーンに文字があらわれた。ジョーンはそれを読むと、嘆息した。

「周囲の調査、記録、測定……まさにいつもどおりね」

「ひと騒ぎのあとで、すこしがっくりしてるのか？」ハリーがたずねる。

ジョーンは困ったようなしぐさをした。その手はキイに置かれていて、押せばすぐに内側ハッチが閉まる。

すこしうしろに立っているグレガーに向かって、ジョーンは型どおりにたずねた。

「標識灯はどうなっている？　用のない者は、もうここにはいないわよね？」

「なんということだ！」長身の男が思わずいった。

「どうしたの？」ジョーンは振り向くことなく、もどかしそうにいった。突然、カウントダウンがどんどん進みはじめた。あと五十秒だ。

「キイから手をはなせ、ジョーン。あそこに……またあらわれた！」

「だれが？」

「ポルレイターだ！」

ジョーンは目をまるくした。

「グレッグ、もっとましなジョークがいえたでしょう。けさのことで、あなたたちはこれから一年もわたしをからかうつもりね。だけどいまは……」

「グレッグのいうとおりだ」ハリーがぎょっとしてささやいた。立ちあがり、はげしく手を動かしながらグレガーの隣りにならぶ。「だけど、こんどは二体だ。おそらく……スペース＝ジェットが攻撃される！」

「まぬけな一団ね」女艇長は文句をいって、シートから跳びおり、自分もその目でたしかめた。「まあ、なんてこと！」

ポルレイターの活動体が二体、格納庫に侵入し、すばやく搭載艇に向かってくる。その目的に疑いの余地はない。

「あいつら、《ハリ・ガリ》を奪うつもりだ」と、ハリー。「ジョーン、どうしよう？」

ジョーンは操作卓のうしろに身をかくし、活動体がスペース＝ジェットのボディの下に消えたのを確認した。

「なにも」

「なにもって？　ジョーン、カウントダウンがはじまっている。スタートしないと！」

「いま、外側ハッチを開いたら、かれらを危険にさらすことになる。暴れまわったあげく、ここにはいれないと、かれらが確認するまで待つのよ。下極エアロックはしっかり施錠されている。もうすぐあきらめて、ひきかえすわ。わたしたちが大切なお客をすこしでも危険な目にあわせたら、どんな処分をされることか。そうよ、男性諸君、わたしはもう、どんなことにもかかわらない」

たたくような音がぼんやり聞こえてきた。

「かれらは完全に絶望しているにちがいない」グレガーがいった。「艇にむやみやたらと体あたりしている」

「《ラカル・ヴールヴァ》を出て、自分たちの惑星に向かいたいのよ」ジョーンがうなずいた。「待つのにはもうひとつ理由がある。かれらが妄想にとりつかれてばかなことをしたら、外側ハッチが開いたとたん、格納庫の外に飛びだすわ」

とうとうハリーも納得した。肩を落としてシートにすわりこみ、警告するようにいった。

「怒りを招くぞ。いずれにしても……われわれ、やっかいな問題にはまりこんだ」そしてドンを見やった。「いったい、なにをしているんだ？」

ドンは肩をすくめ、困惑したような表情をした。

「きみたちが自己憐憫におちいっているあいだに、カメラをポルレイターに向けたんだ。あとで叱責された場合、すべて提示できるように」

ジョーンはドンの頬に口づけすると、また制御システムの前に腰をおろした。

たっぷり十五分待って、ようやくポルレイターがひきさがった。

一分後、重力フィールドが搭載艇を、格納庫からやさしく送りだした。ジョーンは広大な盆地の上で、必要もないのにスペース＝ジェットを宙返りさせた。盆地のはしにはすでにほかの艇が着陸していて、あちこちに宙航士の姿が見える。第一陣の着陸コマンドだ。この幻想的な惑星の、不毛な印象を感じさせる青い色調の地表に降りている。

「ときどき」と、グレガーがいった。「きみは場所や時間にかかわらず、宿命的にまわりを挑発している気がするよ、ジョーン」

彼女は手を振り、《ハリ・ガリ》を指定されたセクターにいれた。

「ここはどの建物も赤い。地面もだ……とにかくすべてが」ハリーは驚き、艇長におびえたような視線を投げた。「なにが待ちうけているんだろう？　ひどく気分が悪いんだ。ぶちのめされたように」

「それ以上そんなことをいっていたら、いつかだれかが本当に実行するわよ」

「なんだって？」

「あなたをぶちのめすってこと！　どこでそんな言葉をおぼえたの？」

ジョーンは記録装置を作動させ、シートにもたれた。すこしはなれた場所に、二機の搭載艇が見える。死んだような土地の上をゆっくり進んでいく。

死！　と、ジョーンは考えた。まさにそれだ。死んだように冷たい。その冷たさが、機体、宇宙服、皮膚にしみこんでいく。

3

盆地の直径は旗艦の倍はあったが、それでも巨体はおさまりきれないほどに見えた。頭をそらしてそれを見あげたクリフトン・キャラモンは、光り輝く艦体から目をはなせなくなっていた。

グッキーは、キャラモンをやさしく現実にひきもどさなくてはならなかった。三名は宙航士たちにかこまれた。乗員たちが、キャラモンをべつの世界から到来した生物のように眺める……まさにそれはあたっていたのだが。

見かけの異なる三名を《ラカル・ウールヴァ》へ移送するため、すでにスペース＝ジェットが用意されていた。

「行こう、CC」グッキーがいった。「《ラカル・ウールヴァ》は逃げたりしないぜ」

アラスカが下極エアロックに姿を消し、キャラモンはためらいながらついていった。

「まだなお、茫然としている」提督がつぶやく。「乗員の男たちは、わたしにどんな印象をいだくだろう？」

「それがあんたの最大の心配ごとか……」グッキーがかぶりを振った。「CC、だいたい、女性乗員もいるんだぜ。《ラカル・ウールヴァ》に行けば、さっそくなにか、あんたにふさわしいものが見つかるよ……あんたの好みにあわないかもしんないけどさ」

「ものごとの流れはそれほど変わったのか？」

「そうでもない。ただ、階級章がなくなったくらいかな」

アラスカは司令コクピットで待っていて、ほかのふたりがシートについたとたん、搭載艇をスタートさせた。

眼下の盆地のはしで宙航士や特務乗員が命令を待っている。アラスカはスペース＝ジェットを、開いた格納庫に確実にいれた。

ペリー・ローダンの待つ司令室に三名が向かう途中、出会った乗員はみな立ちどまる。すぐに群れができて、動くアナクロニズムに目をみはった。

「明らかに、わたしを出迎える準備ができていなかったようだ」キャラモンが愚痴をこぼした。「まったくいまいましい、こんな帰還になるとは想像もしなかった！」

アラスカがちいさく悪態をつき、グッキーがすこしいらだったようにいった。

「CC、あんたのうぬぼれもたいしたもんだね。でも、がまんして乗りこえてよ。ここじゃほとんどだれも敬礼しないだろうけど、それにも慣れておくれ」

「実際、もはや不思議にも思わない。だが、ペリー・ローダンの前では、敬礼して歩みで挨拶すべきではないだろうか？」

「そうですね！」と、アラスカ。「そうすれば、すぐにかれに苦情を訴えられますよ、サー！」

キャラモンはもはやなにもいわなかった。やがて、まだ太陽系帝国の大執政官として知っている男の前についた。

グッキーやアラスカが挨拶のひと言も述べないうちに、キャラモンはローダンの前に立ち、かかとを打ちあわせ、右手を額にあてた。

「わたしは……わたしは……！」

突然、言葉が出てこなくなった。ローダンは、キャラモンが用意した言葉すべてがおろかに思えるような目つきで、見つめている。

「またお目にかかれて光栄です、サー！」と、キャラモンはやっとのことでいった。

「全惑星にかけて、いったい、あれはだれだ？」ブラッドリー・フォン・クサンテンがジェニファー・ティロンにたずねたが、わずかに声が大きすぎた。

キャラモンは振りかえり、かたい口調でいった。

「クリフトン・キャラモン提督だ。直近の地位は戦闘艦《ソドム》の艦長である！」

ローダンはうなずいた。かすかなほほえみを口角に漂わせて、キャラモンに手をさしだすと、しずかにいった。

「グッキーとアラスカからすでに聞いている。事情あって、充分ではなかったが。きみのことはおぼえている、提督。旧暦二四〇一年、特務部隊がM－13の警護に向かったさい、旗艦《ソドム》は跡形もなく消えた」

「すべてご存じでいらっしゃるのですね、サー？」

ローダンの笑みが消えた。

「あとで充分に話しあえるだろう、提督。グッキーとアラスカの報告のほうがいまは最優先だと理解してもらいたい」

「了解しました、サー！」

「まさか……〝サー〟だって？」フォン・クサンテンはあっけにとられてたずねた。

「それはあとでゆっくり説明するよ」グッキーは質問をはねつけ、心配そうに見つめるフェルマー・ロイドにうなずいた。「そうなんだ、フェルマー。ぼかあ、超能力をユルギルで失って、まだとりもどしていない。ペリー、ほかの話をする前に、悲しい報告をしなくちゃ」

「セレーとヌールーのことだな？」フェルマーが推測する。

「ふたりとも死んじゃった」グッキーがいった。

ローダンの顔つきが変わった。フェルマーが内心、予想していたとおりの答えだった。

着陸したあとも、グッキー、アラスカ、キャラモンのインパルスしかとらえられなかったのだ。

ジェニファー・ティロン、ブラッドリー・フォン・クサンテン、ジェン・サリクは驚いて目を見かわした。

「状況は？」ローダンが短くたずねる。

グッキーとシェーデレーアはかわるがわる、バリアを突破したあとの体験を報告した。キャラモンはうしろで、自分に何度も向けられる視線を平然と無視しようとつとめていた。

「ヴォワーレの死が、バリア消滅の要因だったかもしれません」アラスカが最後にいった。「もちろん推測にしかすぎませんが、ダノには、中央制御ステーションからバリアを排除する機会はありませんでした……さらに、排除したとするなら、それはダノのそれまでの行動と完全に矛盾します」

しばらく全員が無言になった。重苦しい沈黙が司令室にひろがる。ローダンは感情を顔に出さず、スクリーンを見つめた。艦と搭載艇が着陸している周囲の風景がうつっている。

色分けされた各ゾーンが、またケスドシャン・ドーム地下の巨大施設を思いださせた。つまり、これが五惑星施設、長いあいだ探しもとめてきたポルレイターのかくれ場なのだ。いま聞いた話によれば、ズルウトは五つのなかでもっとも重要な惑星だろう。

あらゆる構造美にもかかわらず、恐ろしく荒涼とした空虚な世界に見える。

ここでなにが期待できるのだろうか？

司令室の乗員は、搭載艇から送りこまれる情報を熱心に分析し、保存している。

「ヴォワーレについてだが」ローダンがとうとういった。「結局のところ、ポルレイターにとってどういう意味を持つものだったのか、まだ完全にはわからない」

「その説明には、ＣＣが適任だ」グッキーがいう。

キャラモンが悲痛な表情でうなずいて要請に応じようとしたとき、ロナルド・テケナーが司令室にはいってきた。

周囲を見まわすと、キャラモンに気づいて口笛を鳴らし、一団にくわわった。ごくかんたんにアラスカとグッキーに挨拶する。その理由は、すぐに判明した。テケナーはいった。

「ポルレイターをおさえるのは、もはや不可能です。ほとんど全員がコロを支持していると感じられます。われわれ乗員を責めたて、危険な状況におとしいれようとしている。いつかだれかが思わず軽率な行動をしてしまったら……」と、深呼吸する。「かれらは活動体で艦を出て、ズルウトを見てまわりたいと要求しています」

「それは予期できたこと」と、サリク。「遅かれ早かれ、われわれは譲歩しなくてはならないでしょう。最終的にここは、かれらの惑星なのだから」

「かれらの戦力でもあるよ」グッキーが指摘した。「貯蔵所にはカルデクの盾が七万もあるんだ」

「しかも、かれらはつねに自制心のない行動をする」サリクが口をはさんだ。「それでも、ポルレイターが外に出たとたん、われわれに攻撃をしかけてくるとは、だれも思っていませんよね？」

「かれらは、われわれがここにいるのを望んでいない」ローダンがいった。「さらに、かれらは今後、どんどん自制心をなくすだろう……ジェン、きみの言葉どおりに」

「長い時をへて帰ってきて、故郷をとりもどしたいと願っているからです」サリクはポルレイターをかばった。「実際、そうなるでしょう」

ローダンは返答をためらった。

根本ではサリクが正しいと認めざるをえなかったが、ローダンは態度に見せている以上に、ポルレイターの行動に不安を感じていた。

「決断をくだす前に、ヴォワーレがかれらにとってどんな意味があったのかを知りたい」

キャラモンは説明した。

＊

半時間後、ペリー・ローダンとクリンヴァンス＝オソ＝メグはあらためて向かいあっていた。しかし、今回の場所は、オソの願いでポルレイター二百名に使わせることにした小食堂だ。いまは活動体に宿るポルレイター二百名が集まっていた。例外なく、オソの意見を支持している。

それでも、かれらのなかにひろがる不穏な状態は看過できなかった。

ローダンは単刀直入にいった。

「艦を降りたいというあなたがたの願いは理解できるし、それを叶える用意もある。しかし、その前に一点、明らかにしておきたい、オソ」

「なにをだ？」

ローダンは、第一覚醒者さえも突然、率直さを失ったという印象を感じた。ヴォワーレの運命を口にするには、かなりの決意が必要だった。

ポルレイター二百名の動きには動揺が見られるだけだろうと、ローダンは思っていた。しかし、ヴォワーレの消滅とそれによってひきおこされた状況を説明すると、ポルレイターたちは拒否的になり、さらに心を閉ざしたという印象が強くなった。

「理解したかぎりでは」と、ローダンは最後にいった。「ヴォワーレは、あなたがた種族がきわめて倫理的でポジティヴな潜在力の一部を分けあたえた創造物であり、オーラなのだな……ポルレイターの魂ということ。そこには、あなたがたを形成するすべてがはっきりあらわれている」

「そのとおりだ」オソはためらいつつ答えた。

感情の動きをみじんも見せなかったが、ローダンはまた、その心がかたく閉ざされるのを感じた。

しかし、ポルレイターたちの衝撃は、きわめて理解できるものではないのか？　かれらの深い憤りも。

この場で、かれらを解放するべきではないか？　不必要な苦しみをさらにあたえるだけではないのか？

なんとか次の問題に踏みこむ。

「オソ、あなたがたは、まだ深淵の騎士の先駆者としてコスモクラートのために働いていたときに、ヴォワーレを創造した。意味もなくつくりだしたわけではない。ポルレイターが発展していくうちに、いずれネガティヴな力に屈服する危機におちいった場合、それを阻止するためにヴォワーレがいたわけだ。ここまでは正しいか？」

「ま、だいたいは」

オソは認めたが、テラナーとの会話への興味を失ったような態度を見せている。

「オソ」ローダンは、キャラモンから話を聞いたさいに浮かんだ推測を口にした。「この数時間にポルレイターたちの行動が変化したのは、ヴォワーレの消滅が原因だと想像してよいのか？」

時間的な一致はきわだっていた。《ラカル・ウールヴァ》艦内でポルレイターがまた騒ぎはじめる前のわずかな時間に、ヴォワーレはズルウトで死んだ……つまり消滅したにちがいない。

しかし、ヴォワーレの死が作用したとしても、これほどの距離をこえて影響するものだろうか？

「オソ！」

第一覚醒者は答えない。オソもほかの二百名も、ヴォワーレについてローダンと話す気がないのは明らかだった。

「もう解放してくれ！」オソは質問には答えずにいった。「それがあなたたちのためにもなる。遅すぎることにならないうちに、われわれを下艦させてもらいたい」

目の前のオソの行動や話し方はまったくローダンの気にいらなかったが、そうするしかなかった。

「ここですくなくとも三つの究極の謎の、ひとつめの答えは得られると、あなたは約束したな、オソ」と、ローダンは意志を曲げずにいった。「フロストルービンとはなんだ？」

オソは身をよじらんばかりだ。

顔をそらしたが、ようやくまたテラナーに目を向け、

「いいだろう」ほかの者たちがますますおちつきを失うなか、ぼそりといった。「コスモクラートの委任によるわれわれの最後の偉業が、フロストルービンの封印だったことは知っているな。あれは、あなたがたの年代計算で二百二十万年前のことだった」

「で？」

ローダンは湧きあがる興奮をしずめなくてはならなかった。いま、ようやくヴェールがさらに開こうとしている。

「その後、封印とフロストルービンになにが起きたかは、われわれ、すでに話した、ペリー・ローダン。あとは、フロストルービンの封印場所を確定する座標を得ればいいこと。われわれが艦をはなれる前に、主ポジトロニクスに座標を送ろう」

「オソ、フロストルービンとは、なんなのだ？」

ポルレイターはまたためらった。まさにローダンの思っていたとおりだ。

「われわれのほうは、とりきめをはたしたのだぞ、オソ」と、強調して、相手に思いださせる。

オソの活動体がかたまったように見えた。

「われわれも約束をはたす！　だが、そのためにはこの艦を出て、ズルウトを見てまわることが必須なのだ！　長い不在のあいだになにが変わったか、確認しなくてはならな

い。その後、あなたも答えを得られる！」

この戦術は、ローダンには未知のものではなかった。しかし、今回もまた屈するしかないと悟った。

オソの目下の状況では、譲歩は期待できない。ポルレイターも自分たちの世界にもどればおちつくかもしれないという可能性に、ローダンはかけていた。

「外に出ていい」

ローダンはしずかにいうと、小食堂を出た。

これまでオソとのあいだにはられていた細い糸が切れたかのようだった。

通廊でグッキーが待っていた。

「テレパシーなんかなくったって、あんたの考えはわかるよ、ペリー」イルトは小声でいった。

「立ち聞きしていたのか？」

「ま、ちょっとはね、ペリー。二千十一名のポルレイター全員がズルウトに用意されているものを手にいれたら、どんなことが起きるかと心配になってね」

「かれらはヴォワーレの消滅でひどく狼狽している。われわれが思う以上にな、ちび」

ローダンは自分がそういっているのを聞き……同時に、こうして自身を納得させているとわかった。

ふたりは黙って歩いていたが、とうとうグッキーが口を開いた。

「CCも動揺してる。からっぽな言葉をもてあそんだり、新しい技術に驚嘆したりして、絶望をごまかそうとしてるんだ。かわいそうだよ、ペリー」

ローダンは立ちどまり、ネズミ＝ビーバーの毛皮をやさしくなでた。

「あのころ、きみたちは仲がよかったな？　千六百年以上も前のことだが。しかし、起きてしまったことは、だれの責任でもない。もちろん、CCの考え方は現代のわれわれとは違うが、かれは順応する男だ。時間が必要なのだ」

「CCがダノと戦っていなければ、あの妄想にとりつかれたポルレイターは、いまごろ恐ろしい武器……カルデクの盾をわがものにしていただろうね。そしたらどっちにしても、ヴォワーレはダノのやり方に反対して、命を投げだしていたはず。CCは、完全に無欲に行動したわけじゃない。だけど、最終的には、ぼくらのために行動したんだよ、ペリー」

ローダンは無理にほほえんだ。

「わかっているよ、ちび。わたしはあの男を非難しないと、いっただろう」

「それから、かんたんに順応っていうけどさ。かれはいまなお、昔の自分の時代に生きているんだ。できればぴかぴかの提督の制服で動きまわり、ぼくらには〝サー〟とか〝提督閣下〟と呼んでもらいたがってる。それからあの言葉づかい。《バジス》のハミラー・チューブみたいに、まったくひどくって……」

いつもふざけてばかりいるグッキーが、悲しげな表情でとりなすように、ローダンの目の前で立っていた。しかし、こんなときでも、ローダンは一瞬、きびしい現実を忘れることができている。

「グッキー、おまえさんらしくないな！　ＣＣは乗員の奇異の目にさらされ、耐えることになるだろうが、なんとかやれるさ。きみが注意深く見守っているのだから、なにも起きるはずはない。すくなくとも、わたしがかれにどう話しかけるべきか、早めに情報をもらえてよかった」

「ぜんぜん楽しい話じゃないね」イルトは文句をいった。

「楽しい要素などまったくない」ローダンが答える。「セレーとヌールルーの無意味な死にも、これからわれわれに襲いかかるだろうことにも。行こう。ポルレイターが《ラカル・ウールヴァ》をはなれるときには、司令室にいたい。これ以上の犠牲は出してはならない。すでにそれぞれが苦しんでいるようだから……ポルレイターたちも、ＣＣも、われわれも」

＊

ローダンを司令室に駆りたてたもうひとつの理由は、フロストルービンの座標を教えるとオソが約束したことだった。

このポルレイターと接した最近の経験で、テラナーは、オソが約束を本当に守るのかと疑念をいだいていた。

しかし、グッキー、テケナー、ジェン・サリクとともにポジトロニクスの出力装置の前に立ったとき、ローダンは頭のなかでオソに許しを請うことになった。

「これは、われわれの銀河系と銀河NGC1068のほぼ中間に位置します」テケナーは正確な座標を読みとっていった。

「NGC1068か」ローダンはくりかえし、フォン・クサンテンを見つめた。「たしか、セイファート銀河が関係していたな」

「電波天文学の分類では3C71ですが」フォン・クサンテンがうなずく。「まったくそのとおりです、ペリー」

「セイファート銀河とは」ジェフリー・ワリンジャーの声が聞こえた。いつのまにか司令室にはいってきていたのだ。「電波銀河のようなもので、相対的に短い活動期を持ち、その活動はスペクトルの可視領域で確認できます。イオン化された酸素や窒素が単一あるいは二重に見られるほか、ネオン4や鉄6の輝線も放射にあらわれ、きわめて強力なイオン化と励起のプロセスを示唆しています。さらに水素の輝線も確認されました。観測される輝線の幅は、多くが、放出されるガス塊の無秩序な運動にもとづく二重の変位に由来します。その速度は毎秒五千キロメートルにもなり、脱出速度の領域に確実に達する。こうして、ガスの一部がセイファート銀河の中心からはなれ、結果として活動期が短くなるのです。セイファート銀河は強力な、かならずしも熱によるものではない赤外線連続放射を持ち……」

ワリンジャーは自分に注がれる周囲の目に気づき、困惑したしぐさを見せた。

「申しわけない。どうやらあまり新しい話ではなかったようですね」

ローダンは笑みを浮かべ、その肩に手を置いた。

「そういうわけではないのだ、ジェフリー。だが、いまはフロストルービンに、より興味があるのをわかってほしい。それについて専門的な報告をしてくれたら、われわれ、大きく前に進めるのだが」

「まず、それは近くにはないということですな？」

テケナーが腕組みし、ジェニファー・ティロンがその腕に手をかけた。

「NGC1068は、銀河系から六千万光年の距離にあります」と、あばたの男は答えた。「つまり、ポルレイターがフロストルービンを封印した場所までは三千万光年ということ。ペリー、このような場合、封印とはどんなものと想像できるでしょうか？」

「逆に質問したい。フロストルービンとはなにもので、どう封印することができるんだ？」

「まるで、やけっぱちのように聞こえますね」ジェニファー・ティロンがいう。

「おそらくな」と、ローダン。「しかし、すべてはむしろ、オソとその種族に再会し、最終的に話ができるかどうかにかかっている」

ローダンはスクリーンをさししめした。《ラカル・ウールヴァ》を去っていく二千十一名のポルレイターがうつっている。

フォン・クサンテンは盆地の縁にいる着陸部隊に、どんな状況でもポルレイターのじゃまをしないよう命令をくだしていた。

「活動体が進んでいく」ジェン・サリクがいう。「かれら、なにを探そうとしているのでしょう?」

「過去を……自分自身を」ワリンジャーがつぶやくと、困惑したしぐさをする。「進化の裏をかき、力ずくで、梯子(はしご)を一段あがろうとしている。いままた、かれらは自分たちが脱出してきた場所にもどったわけだ。待望していたような超越知性体としてではなく……」

「たぶん、故郷を失った者として」と、テケナー。

ローダンは憂鬱そうにうなずいた。

「かれらがいま発散している冷淡さと拒絶感は、これまでは感じられなかった。われわれ、観察しなくては。たえることなく」

「かれらがもどってくるとは考えていないのですか？」サリクがたずねた。

「ひょっとすると、オソと数名はもどるかもしれない。ほかの者は……」

ほかの者は、すでに具体的な計画をたてたのだろうか？

ローダンは、ポルレイターたちが盆地の縁に到着して建物のあいだに姿を消すのを見つめた……こちらの懸念を裏づけるように、突然、動作がすばやくなった。分散して、着陸した搭載艇と乗員を回避する方法を知っているかのように、器用に動いている。

「あらたな命令を、ブラッドリー！」テケナーが叫ぶ。「搭載艇を上昇させ、ポルレイターを一名も見逃さないように配置するのだ。一名でもポルレイターがなかにはいった建物は報告させよ。監視が必要だ。さらに、マイクロゾンデも出す」

「まさに、そうなると思っていました」フォン・クサンテンが笑みを浮かべる。「さらに遠方まで調査に出た第二陣の搭載艇はどうしますか？」

「惑星全体を調査させよ」ローダンがいった。「ゾーンごとにだ。色で区別されているゾーンのうち、どこが特別な意味を持っているか、観察によってわかるだろう」

「すでに結果は出ているか？」フォン・クサンテンが、《ダン・ピコット》の首席通信士だったタン・リャウ＝テンのほうを向いた。この中国系テラナーは、いまは分析装置の仕事をしている。

「いえ」いつもの習慣に反して、寡黙な答えだった。

ローダンは《ダン・ピコット》のかつての乗員たちのようすに気づいたとき、その理由を悟った。

全員、《ダン・ピコット》の艦長代行だったヌールー・ティンボンを悼んでいるのだ。みな、かれを好いていた。次席艦長代行セレー・ハーンのことも同様に。

マルチェロ・パンタリーニは、いまもっともセレーの死に苦しむ彼女の夫……ゲイコ・アルクマンによりそっている。

ローダンはゲイコに、自分も同じ気持ちだと話す時間が近々あればいいと思っていた。それでセレーが生きかえるわけではないが。

しかし、ポルレイターたちはその時間をあたえてくれない。

フォン・クサンテンが着陸部隊にあらたな指示を伝える前に、飛行中の搭載艇三機から同時に通信がはいった。ポルレイターはすでに全員が盆地から出て、惑星の巨大施設に完全に姿をくらましたという。

建物のあいだや地下に、ほぼ一瞬で宙にかき消えたようにいなくなっていた。

数百のマイクロゾンデが《ラカル・ウールヴァ》からはなたれた。盆地の周囲の搭載艇が上昇し、旗艦の周囲にネットワークを構成する。

「一部隊はこの貯蔵所をカルデクの盾もろとも封鎖隔離せよ」ローダンがいった。「ほかの搭載艇は、討議したように惑星の調査をつづけること。エネルギー放射が確認されたら、ただちに報告するのだ。いまや、重要に見える施設を包括的に見わたすことが、一刻も早く必要になるだろう」

グッキーが自分の不安をくりかえして述べる必要はなくなった。ジェン・サリクも、もうポルレイターを擁護しなかった。

数分後、最初の凶報が、ニッキ・フリッケルからとどいた。彼女は悪名高いワイゲオの夜の放浪者仲間、ナークトルやウィド・ヘルフリッチと同じく、《ラカル・ウールヴァ》からの第一陣としてスペース＝ジェットを発進させていたのだ。

「貯蔵所はだめです」と、独特のはきはきした調子で説明した。「カルデクの盾はあきらめるしかないでしょう。老提督のいった扉は閉じていて、なかにはいれません」

「ただし、扉を焼きはらっていいなら話はべつですが……」ナークトルが口をはさむ。

「話にならない！」ローダンはすぐに、はりきりすぎのスプリンガーをいさめた。

「もちろんやりません。ただの提案ですよ」

「ほかに用事がなければ、赤いゾーンの上を見てまわります」ニッキが告げた。

ポルレイターは姿を見せない。ゾンデが伝えてくるのは、水平線まで全方向にひろがる死にたえたような施設と、搭載艇の映像だけだった。

「下艦させたのは間違いだったか」テケナーが重苦しくいった。

ローダンは応えなかった。

そこに突然、半ダースの搭載艇から同時に報告がローダンにはいった。

それははじまりにすぎなかった。

4

「あまり熱心になりすぎないで」

ジョーン・ルガーテは腕組みをして、シートに深くもたれてすわり、ハリーが《ハリ・ガリ》の光学装置でとらえた映像を《ラカル・ウールヴァ》に送信する姿を眺めていた。ハリーは、赤い色が単調につづく場所でなんらかの方法で目だつものを発見したと思ったときには、ときどき短いコメントをくわえている。

全測定機器はとぎれることなく動いているが、これまでなんら確定できたものはない。ドンはこの作業を軽視していた。一方、グレガーのほうは、いくらかやりすぎだと思いつつも、すでに作成された記録を搭載コンピュータの記憶装置から一度は呼びだして、じっくり眺めている。

スペース＝ジェットはずっと速度を落として、赤いゾーンの二百メートル上空を飛んでいた。塔、ドーム、平屋根の建物、パイプ状や球状の幻想的な構造物がある。このゾーンが、一辺四十八・三キロメートルの正確な正方形だということは、すでに確認できていた。

さらに二機の艇がこのゾーンを計測していて、完了するまでまだ数時間かかりそうだった。

「だんだん、《ラカル・ウールヴァ》にのこっていたらよかったと思えてきたわ……ポルレイターのことは無視して」と、ジョーンがいった。「ここはなにも起こらない。質問されるなら答えるけど、ここでは休暇はすごしたくないわ」

「だれがすごしたいものか」グレガーは笑った。「だが、命令は命令だ」

ジョーンは、なんともいえない目つきでグレガーを見やった。

「ハリー、向こうの搭載艇二機に通信して、なにげなくきいてもいいんじゃない？　この調査をすこし短縮できないかって」

依然として感じる不安をそらすために観察をしていたハリーは、びっくりして跳びあがった。

「なんだって？」

ジョーンがうなずく。

「実際よりもばかなふりをしないで。向こうの乗員たちは、きっとわたしたちと同じように、このくだらない作業にうんざりしているわ。この施設の調査を一部省略して、あとでおたがいに口裏をあわせて終了したといえば……」

ハリーは断固として手を振った。

「問題外だ、ジョーン。けさのことを思いださせてやろうか？　それにわれわれが送りだされた理由を、《ラカル・ウールヴァ》の者たちが知ることになる」

「ああ、ハリー」女艇長は嘆息した。「あなたって小心者ね」

「きみになにをいってもしかたない」ハリーは反論した。「さ、しずかに仕事をさせてくれ」

「思いどおりにできることこそ、人の幸せなのよ、ハリー。でも、いいわ。このまま退屈にすごしましょう。だって、断言できるもの。ここではなにも発見できないし、なにも起こらない」

「ありがたいことに」ドンがいった。

そのきっかり二分後、ポルレイターが《ラカル・ウールヴァ》を下艦して、すぐに跡形もなく消えたという報告がはいった。

搭載艇はさらに集中して観察し、ポルレイターの出現に注意せよという指示をうける。

「なにも起こらないな」グレガーが皮肉をいった。「まったくね」

「みずから物笑いの種にならないほうがいいわよ！」ジョーンは強くいったが、その言葉に確信はなさそうだった。身を乗りだし、ふたたび操縦をひきうけた。これまでは《ハリ・ガリ》はオートパイロットで、施設の上を格子（こうし）状に飛んでいたのだ。「それに」と、つけくわえた。「ここは盆地からはかなりはなれている……ほぼ五十キロメートルよ。ポルレイターは、突然ここに出現するほど速く移動できないわ」

「だといいが」と、ハリー。「だが、地下施設に転送機がないと、だれがいえる？」

「はいはい」ジョーンは手を振った。「搬送ベルトもパイプ軌道も飛翔装置も、もちろんまだ作動しているわよね」

ドンとグレガーは目を見かわした。

ふたりともジョーンのことは充分に知っていて、彼女のおしゃべりをどううけとめればいいかもわかっている。

結局ジョーンは、だれよりも先に《ラカル・ウールヴァ》にポルレイターの出現を報告したくてしかたないのだ。

無頓着で反抗的な態度は、努力によってつくられたイメージだ。彼女の真の力は、必要な状況になればすぐに発揮される。

その変わり身は、赤いゾーンの上空にいたほかの二機とコンタクトするようグレガーにもとめたとき、すでに兆しが見えていた。

「詳細な部分まで確認できれば！」

《ハリ・ガリ》を高度五十メートルまで降下させたとき、眼前にほぼピラミッド形の巨大な建物が二棟、姿をあらわした。ジョーンはそのあいだに搭載艇をすべりこませ、建物の縁の映像を望遠光学機器でクローズアップした。さらに投光器で薄暗がりに光をあてていく。

「ここではなにも起きないし、発見すべきものもないだろう」グレガーが皮肉をいう。

「口を閉じて、目を大きく開けなさい！」

ハリーもにやりとして、一瞬、スクリーンから目をはなした。

《ハリ・ガリ》がピラミッドのあいだからふたたび急上昇し、スピードをすこしあげたときのことだった。

次の瞬間、エンジンの作動が停止した。

＊

「だれか説明できますか？」ブラッドリー・フォン・クサンテンがたずねた。「どう考えたらいいのでしょう？　すでに十三機の艇長から、説明できない現象についての報告がはいりました。そのうち三機は、作戦領域から撤退しなくてはならない事態になっています」

「問題は」ロナルド・テケナーがいった。「ポルレイターが姿を消してから、この事件をひきおこす装置を作動させる時間があったかどうかだな」

ジェフリー・ワリンジャーが考えこんでテケナーを見つめた。

「きみの意見は、ジェフ？」ローダンが冷静にきいた。不快感はつのり、しだいに態度にあらわれるほどになっている。

「ポルレイターのシュプールは見あたりません」ワリンジャーはためらいながら答えた。「もちろん、かれらが手をくだしている可能性は消せませんし、それどころか、かれらが操作していると考えるのが、自然の流れですが」

「が？」

ワリンジャーはお手あげだというしぐさをした。

「ポルレイターについてもその技術についても、われわれの知識はすくなすぎます。最近になってようやく、くりかえしかれらの身になって心理的状況を理解しようとしていますが、本当に全体を把握することができているでしょうか？ポルレイター二千十一名がどこか中央施設に集合しながら、すくなくとも意識的にはなにもしていないという可能性も、理論的には消去できません。さまざまな施設が、かれらの存在に……二百万年以上の時をへた帰還に……反応しているだけと考えることもできるでしょう」

「あまり科学的に聞こえない理論ですな」ジェン・サリクがいう。

ワリンジャーは肩ごしにサリクを見つめた。

「そんな主張を展開することはできないんだよ、ジェン。われわれ、ポルレイターとその技術について、いくらかは知っていると思っている。あるかぎられた範囲内では、それは疑いもなく正しい。だが、この惑星についての知識が乏しすぎる」

「かれらはなにかの準備をしているのでしょう」ジェニファー・ティロンが確信したように いった。

「どんな？」ローダンがたずねる。

「集団自殺の準備かもしれません」サリクが小声でいった。うなずき、同時に自分の考えに驚いたようだった。「かれらは希望をもって築きあげたものをすべて失いました。しかも、オソが明かした話は、かれらがこれまでの生にもはや意味を見いだせないことをしめしています」

「さらに」テケナーがぼそりとつけくわえた。「かれらは正確に任務をやりとげることに慣れていました。とりくんだことは、長い時をかけて慎重に計画し、かんたんに成功させてきたでしょう。ひょっとすると、今回がはじめての挫折かもしれません」

「やめてくれ」ローダンはたのんだ。「オソはきっともどってくる！」

しかし、自身はそれを本気で信じているのだろうか？

自分たちは深淵の騎士の先駆者を長いこと探しつづけ、かれらがみずから選んだ牢獄から解放するため、M-3のいたるところをめぐってきた。それなのに、かれらがここで最終的に消滅するということでいいのだろうか？

もしそれでいいなら、われわれはどうして阻止できようか、と、ローダンは苦悩した。

「こんな話は聞きたくないでしょうが、あえていいます」ロナルド・テケナーはいった。「ポルレイターがもし死を選んだ場合、自分たちの死後、ズルウトにいるわれわれもろとも、五惑星施設全体を爆破する巨大機器を作動させる可能性も考慮にいれないとなりません」

「搭載艇を呼びもどしましょうか?」ブラッドリー・フォン・クサンテンがたずねた。

「だめだ!」ローダンは拒否した。「調査は続行する!」

まわりの者の視線から、この決断に完全な同意を得られていないとわかる。

ポルレイターは貯蔵所をわれわれからかくしたいのだ、という考えが突然、ひらめいた。

二千十一名の全員が、すでにカルデクの盾を持っているかもしれない!

「ケルマ゠ジョとサグス゠レトを司令室に呼んでくれ。おそらくかれらの助けが必要になるだろう」

「展開を大げさに誇張してはいけません」ジェニファー・ティロンがいった。「すくなくとも、外にいる搭載艇はまだ、敵意があると考えられる事件に遭遇していないのですから」

グッキーとクリフトン・キャラモンが司令室にはいってきた。キャラモンはぼろぼろになった提督の制服から、宇宙ハンザの簡素なコンビネーションに着替えていた。

キャラモンは議論の最後の部分を聞くことができたが、なにもいわず、表情も変えない。

目つきだけが、その思いを語っていた。

わたしの話を聞いていれば、まだ貯蔵所の扉が開いているうちに、カルデクの盾を手にいれられたのに……と。

このあと、予想せぬ出来ごとが二件、報告された。これを敵対行動とは関係がないと主張するのは、ごく少数の救いがたい楽天家だけになった。

「搭載艇二機が救難信号を発しています」フォン・クサンテンが淡々といってこぶしを握った。「なにかにはげしく衝突され、緊急着陸するしかなかったようです」

急を告げる報告が押しよせた。

「あちこちで突然にバリアが生じ、搭載艇が衝突しています!」通信士が大声で告げた。

「さらに救難信号と、行動指示の要請がありました! 外にいる乗員たちが……攻撃されたようです!」

スクリーンに、これまでのコースをはずれてきりもみ状態で落下するスペース＝ジェットや、完全に無意味に思える飛行をする艇がうつった。

それが《ラカル・ウールヴァ》の近辺でも遠方でも、あちこちで起きている。

スペース＝ジェットが一機、墜落した。乗員はキャノピーを爆破し、飛翔装置を使ってなんとか脱出している。

「まだなお調査をつづけたいというご意見ですか？」クサンテンが興奮してたずねる。

「いや」ローダンは苦しそうにいった。「帰艦させよう……全員だ。《ラカル・ウールヴァ》は警報にそなえて出動準備をするように」

数分前まで、偶然や害のない反応だと信じるつもりだった者たちも、積み重なる〝事故〟とその劇的な展開を見て、誤りを悟った。

次々と報告が舞いこみ、ズルウトの特定区域が封鎖されたことがわかった。

「ポルレイターがこの大騒ぎの背後にいるのは、もう疑ってないよね、ペリー」グッキーがたずねた。

「かれらは新モラガン・ポルドにわれわれをいさせたくないのだ」ローダンはきびしい口調でいった。顔は痙攣している。「われわれは望まれざる客だ。かれらはいま、それを断固としてしめしている。搭載艇と着陸コマンドの帰艦を待って、ようすをみよう」

ブラッドリー・フォン・クサンテンはかぶりを振った。

「一機だけ帰艦命令を確認していません。艇長は……」フォン・クサンテンは眉間にしわをよせた。「ジョーン・ルガーテ。しかし、これはあの……？」

「……ポルレイターを銃撃した女性ね」ジェニファー・ティロンがいった。「《ラカル・ウールヴァ》を出るのに、まず特別許可が必要だった者よ。最後はどこにいたの？」

「赤いゾーンです!」女通信士が答えた。

「そこへはニッキとナークトルも志願した」ロナルド・テケナーがいう。「ふたりがジョーンの面倒をみるだろう」

「慎重にやるといいが」ローダンが注意をうながした。「半時間でなにも発見できなければ、帰艦させるのだ」

ローダンはニッキ・フリッケルがもっとも早く成功をおさめると信じていた。

突然、時間が指の隙間からこぼれていく気がした。ポルレイターの行動が理解できないせいで、不満と失望と、かすかな怒りが生まれている。理性だけでは戦えない。

不安な問題をかかえこむことになった。驚くような変化を遂げたポルレイターは、これまでの姿やその祖先たちとはますます共通点が減っている。今後もなお、搭載艇や乗員に対する攻撃だけに行動するのだろうか?

乗員の男女が《ラカル・ウールヴァ》にもどったら、かれらは攻撃してくるだろうか……あるいは、人類をこの星系から強制的に撤退させようとするだろうか?

艦内は警報ランプの黄色い光につつまれていた。

ローダンはならぶスクリーンの前にひとりで立ち、スペース＝ジェットが次々と格納庫にもどるのを見つめた。

不気味なしずけさが、ズルウトの巨大施設にひろがっていた……そこには戦力が眠っている。ローダンはあえてそれを考えようとしなかった。

グッキーがあくびをして立ちあがった。

「ちょっと寝てくるよ。ぼくには用事はないでしょ？」そういってよちよち出入口に向かう。「火山のあらゆるヴォルパーティンガーにかけて、くたくたなんだ。だけどそれは移動に足を使うしかないせいだよ。景色はドームや塔しか見えないし……こんな惑星じゃ、洗練されたイルトは気分よくすごせないよ……」

「いったい、どうしたんだ？」キャラモンは驚いてたずねた。「いつ戦いがはじまってもおかしくないのに、グッキーが疲れているとは！　こんなことははじめてだ！」

＊

「なにか見つかった、ナークトル？」

ニッキ・フリッケルは、目を制御システムから、右のスクリーンにうつるスプリンガーの映像にはしらせた。

「どうでもいいものばかりだ！」赤毛で剛毛の髭（ひげ）を持つ、がっしりした男はうなった。ナークトルはけっして天真爛漫な少年のような者ではなかったが、無愛想な外見の下にはお人よしの部分をかくしていた。「この半時間はまったくむだだった。何時間探しても探知できず、なにも発見できないだろう！」

「《ハリ・ガリ》を最後に見た場所にやっと到達したわ」搭載艇長は投光器の光を、ピラミッド形建物二棟の表面にあてた。「奥に行くわよ」

「同じ目にあわないように気をつけろよ……あの艇はなんといったっけ？」

「《ハリ・ガリ》よ」

ナークトルは苦笑した。

「まったく、だれがそんな名前を考えたんだ？」

「見つかったら質問するといいわ！」

ニッキ・フリッケルは乾いた笑い声をたてた。司令コクピットの透明キャノピーごしに、すこしはなれた場所でナークトルのスペース＝ジェットの光が空を動いているのが見える。

ヤノ・ターキースとエリサ・メルケスがハーネスをしっかり締めたのを、ニッキは確認した。ふたりのことはほとんど知らない。ともに航行するのははじめてだ。

「光るものや動くものに注意して。なにも探知できないから、よかれあしかれ、艇がどこか下の地面に墜落したのだと思わなくては」

「だれか合図してくるだろうか？」ヤノがたずねた。「乗員は失神しているか、死んだはず。でなければ、とっくにわれわれを見て通信をよこしている」

「そうともいえないわ。数機の艇はエネルギーをまるごと奪われたらしいから。ただし、乗員は早々にそれに気づいて、救難信号を出せたんだけど」

ニッキはゆっくり艇をピラミッドのあいだに接近させた。投光器が深さ五十メートル、長さ半キロメートルのわれ目を照らす。地面も縁もたいらだ。

「なにもないわ」エリサ・メルケスがつぶやいた。

エリサは《ラカル・ウールヴァ》と通信連絡をとった。無数のマイクロゾンデが《ハリ・ガリ》を発見し、捜索が容易になればいいとニッキは願っていた。

いやな予感がする。突然、円錐形の光芒がひとつ宙をはしったとき、ニッキはとっさに反応した。

それはスペース＝ジェットがピラミッドのあいだの中央にいたときのことだった。光芒がだれかによって二百メートル先で切断されたかのように見える。

ニッキは急カーブを描いてスペース＝ジェットを上昇させると、最後はピラミッドの上で静止した。

「その曲芸飛行はなんのつもりだ？」ナークトルの通信がはいる。

「まねしたほうがいいわよ！ナークトル、バリアのひとつは、ピラミッドの頂点のあいだに想定されるラインから百メートル向こうにあると思うわ。光がバリアに吸収されたの。おそらく、そこに飛びこんだら、わたしたちのエネルギーも奪われる」

「つまり、《ハリー・ダリー》はそこに墜落したのか？ひょっとして、きみは救出方法も考えたのだろう？」

「《ハリ・ガリ》よ、ナークトル。あなたはわたしたちよりもどのくらい上空にいるの？」

「三百メートルってところか」

「いいわ。では、投光器で前方を照らして」

「もしバリアの高さに限界があるようなら……」ナークトルは同乗者たちになにか呼びかけた。「ニッキ、もっといい方法があるから、教えてやるぞ！」

「はいはい」ニッキは嘆息した。「ピラミッドに二、三発、撃ちこんでみるんでしょう。あるいは強力な一斉射撃かな。それで万事解決……でなかったら、わたしたちは天国に召されるってわけね、ナークトル」

「光を通さない」スプリンガーはぶつぶついった。「二百メートルまでしか」

「それなら、より上空でためしてみたら」

「ご命令のままに、お嬢さん！」

ニッキはそのままの位置をたもっていた。南アメリカ出身で黒い肌のヤノが、奇妙な目つきでニッキを見つめて問いかけてきた。

「きみたちは、いつもそんなふうに話すのか？」

笑いながらニッキは手を振った。

「いつもじゃないわ。わたしたち、ラテン語でも話すのよ」

「あのスプリンガーが？」

「いいえ、馬よ。そんなに驚いて見つめないで。馬の顔をしているけど、愛すべき男のこと」

「だれが？」スピーカーから声がした。「ウィドか？」

「投光器に注意したほうがいいわよ、ナークトル。高度は？」

「高度は充分だ、これじゃ意味がないといえるくらい。投光器の光はやっぱり無のなかに消える。いまは……おい、なんだ、これは？」

「ナークトル？」

スプリンガーの答えはもはやなかった。いままで顔がうつっていたスクリーンが暗くなっている。

「ナークトル！」

「無意味よ」エリサ・メルケスがしずかにいった。「もう探知できない。スペース＝ジェットは姿を消したわ、あっという間に！」

ニッキは息をのんだ。両手が汗で湿っている。

「艇が宙に消えるわけがないわ！」と、はげしくいう。もう冗談ごとではなかった。

「ナークトルは、なにかが起きると気づいていた。最後にかれがいた高さまで上昇するわよ！」ニッキは通信機を顎でさししめした。「《ラカル・ウールヴァ》に知らせる必要はないわ、エリサ。かれらはここの出来ごとに充分早くから気づいている。向こうから通信してくるまで、わたしたちには時間がある」

「なにをするんだ？」ヤノが不安そうにたずねた。「ニッキ、われわれはスペース＝ジェット二機をすでに失っている。なのに、きみはフォン・クサンテンにかくれてこっそり行動しようと……」

女宙航士はすでに防御バリアをはり、小型円盤艇をゆっくり上昇させた……光をのみこむ目に見えない壁からは一定の距離をたもつ。

「わたしはかくれてこっそり行動するつもりはないわ、ヤノ。エリサ、なにかフィールドのようなものに捕らえられたら、ナークトルと同じくわたしたちも気づくはず。そうなったら、ここで観察したり経験したりしたことを、まとめて《ラカル・ウールヴァ》に送ってほしいの。準備をして、なにか起きたと感じたらすぐに送ってちょうだい」

エリサ・メルケスはうなずき、急いでマイクに向かって話しはじめた。ニッキとヤノはもう言葉をかわさなかった。女搭載艇長は唇をかみしめながら、計測機器、モニター、星々がひしめく空をかわるがわる見つめていた。

まもなく新しい一日がはじまる。このように明るい夜を、ニッキはM‐3で充分見てきたが、毎回あらたな感銘をうける。

ヤノは、ナークトルからも《ハリ・ガリ》の乗員からも回答を得られないまま、通信信号を送信しつづけた。

ニッキはオートパイロットをプログラムした。未知のエネルギーが感じられた瞬間にボタンを押せば、スペース＝ジェットはバリアから出られるはず……乗員が行動できない場合でも。

「いまよ、気をつけて！」ニッキが大声でいった。「ナークトルの高度に到達した！ エリサ、あなたは……」

最後まで話すことはできなかった。ヤノの悲鳴が聞こえる。胃がひっくりかえり、いっきに完全な無重力状態になったと思ったとき、心臓の鼓動を感じた。頭に急に刺すような痛みがはしる。周囲がまぶしい青みがかった白い光につつまれた。

ニッキは意識が遠くなり、かろうじてひとさし指でオートパイロットを作動させた。

突然パニックに襲われると、痛みもかき消された。光がまぶしかったが、女宙航士は目を見開き、スペース＝ジェットのおぼろげな輪郭をじっと見つめた。それは拘束フィールドにとらわれたように、明るい光の中心にある。

ナークトル！ という思いがはしる。叫び声をあげたいが、唇から音は出ない。手足はいうことをきかなくなっている。頭をまわすこともできなかったが、振りかえれば、ヤノとエリサがからだをこわばらせている姿も見えただろう。三名は死んだような恐ろしいしずけさにつつまれていた。

狂気の淵にひきこまれそうな状況がどれだけつづいたか、あとになってもわからなかった。そのあいだ、ナークトルの艇は渦巻くエネルギー流、まじりけのない色に輝く海のなか、手がとどきそうなほど近くにあったが、恐ろしくゆがんで見えた。

なにかが恐ろしい力で艇に衝突した。ニッキの目の前で黒い星が踊り、脳のなかで爆発が起きたような気がする。一瞬……あるいは、数分か？……からだが分裂し、目に見えない者にひきさかれるような気分になった。

その後、光から脱出した。巨大な弦で射られた弓のように、スペース＝ジェットは惑星の赤く輝く施設の上を飛んでいた。ヤノとエリサとニッキの悲鳴が、静寂を破った。

そこに聞きなれた機器類の音と、通信機から響く大きな声がまじった。

しだいに三名はおちつきをとりもどした。ニッキは汗びっしょりで、まわりを見まわした。

なにごとも起きていないかのような光景だ。スペース＝ジェットは、説明のできない無敵のエネルギーに呪縛されたことなどないかのようだった。

ニッキはふたたび操縦桿をとり、艇の向きを変え、二キロメートル先のピラミッドを見つめた。ナークトルの艇を捕らえたエネルギー泡などないように見える。

「いったい……なんだったのだ？」ヤノがうめいた。

「恐ろしくひどいトリックね」ニッキはふざけたようにいい、耳のなかで興奮した声を響かせていたブラッドリー・フォン・クサンテンの通信をうけた。

短く報告し、ナークトルたちのように停滞フィールドにつかまらなかったのは、ひとえにオートパイロットのおかげだという考察を最後につけくわえた。

「ほかには行動のしようがありませんでした、ブラッドリー。だけど、もしわたしの考えが正しいなら、このフィールドは人の思考も麻痺させます。ナークトルも、動ける状態だったか、わたしたちのようにオートパイロットをプログラムしていれば、自由になれたでしょう」

一瞬、フォン・クサンテンの息づかいしか聞こえなくなったが、

「もどってこい」と、命令がくだされた。「《ラカル・ウールヴァ》で対策を協議しよう……なにか対策があるならば、だが」

「どういうことですか……なにかあるなら、とは?」

「すぐにもどれということだ、ニッキ! 《ラカル・ウールヴァ》では、すでに充分、問題が発生しているのだ!」

フォン・クサンテンはそういって通信を切った。

ニッキ、ヤノ、エリサは驚いて目を見かわした。

ニッキ・フリッケルは悪態をついて制御システムにかがみこんだ。

帰艦コースをとろうとしたとたん、ふたつのことが同時に起きた。

「下よ!」エリサ・メルケスが大声でいった。「だれかが光信号を送っている!」

ニッキにはその声はほとんど聞こえなかった。なぜなら、自分の艇の上方で、ゆっくり白くなる青みがかった光のオーラにつつまれた、べつのスペース＝ジェットが見えたのだ。

5

夜明けから二時間がたった。ニッキ・フリッケル、ナークトル、搭載艇の乗員たち、さらにジョーン・ルガーテと乗員三名をふくめた着陸・観察コマンドの全員が《ラカル・ウールヴァ》の司令室にそろっている。外で実際になにを体験したのか、だれひとり正確に把握できていなかった。着替えをすませたニッキ・フリッケルの報告が待たれていた。

かれらが体験したこと以外にも問題は充分あった。どうやら、ポルレイターの意志に反してそのかくれ場に侵入しようとすれば、どのような結果を招くことになるか、ポルレイターはテラナーに明白にしめしつづけそうだった。

《ラカル・ウールヴァ》は依然として警報発令状態にあった。艦は盆地のなかで山のようにそびえ、青いゾーンの施設を凌駕（りょうが）している。周囲は静寂に支配されていた。動くものはない……しかし、艦内の責任者のだれもが、それは錯覚だとわかっていた。集団自殺論を信じる者はもはやいなかった。ポルレイターはそこにいる。目に見えないが、恐ろしい方法で存在している。

施設の上には不可視のバリアがある。ポルレイターが制御ステーションで操作しているのだ。搭載艇が艦を出れば、数キロメートル先でかならずその犠牲になると、ローダンは確信していた。

《ラカル・ウールヴァ》は防御バリアにつつまれている。しかし、このバリアでポルレイターがかくしもつ策から艦を守りきれるかどうか、ローダンは疑念を感じていた。

ミュータントたちは疲弊していて、なにもできない。

グッキーが急に睡眠をとりたいといったことで、ぼんやりした予感が確実になった。ミュータント全員が、すでによく知られた疲労感にまた襲われているのだ。細胞活性装置にはまだ故障は認められないが。

その状況も変わるだろうと、ローダンは苦々しく考えた。

すくなくともクリンヴァンス＝オソ＝メグは連絡してくるだろうという望みは、ほとんど絶たれていた。人類に共感をいだくグループはいなくなったようだった。

「どうしてでしょう？」ジェン・サリクがくりかえした。「どうしてわれわれの滞在を、かれらは望まないのですか？　なにか不信感をひきおこすようなことをしましたか？」

どちらにしても、救出に対する感謝の気持ちを語る者はもはやいない。

「どんな計画をたてているのでしょう？　われわれは知ることもできませんが」

この質問も、現実的なものではなかった。

ローダンは、遅かれ早かれ新モラガン・ポルドを去ることを強要されるとわかっていた。テケナーとブラッドリー・フォン・クサンテンはすでに至急スタートに賛成している。この主張に同調する乗員はしだいに増えていた。

きわだって反対する立場を代表するのは、クリフトン・キャラモンだった。キャラモンにとって、ポルレイターの行動をこれほどかんたんに甘受するのは理解しがたかった……《ラカル・ウールヴァ》の機器の力で、すばやくポルレイターに道理をわきまえさせられるはずだと、主張していた。

ローダンは自分がふたたび、決断を期待される立場に追いこまれているのを感じた。疲れはてている。長い時をかけたポルレイター捜索の意味を、また自分に問いかけていることに気づいた。同時に、この最低な心理状態に打ち勝たなくてはならないと悟ってもいた。

それでも、さまざまな状況にもかかわらず、この調査で非常に意味深い結果がもたらされた。フロストルービンの……あるいは、フロストルービンが封印された場所の……座標だ。その封印がどんなものか、解釈はいろいろあるのだが。

「ペリー?」

グッキーが隣りに立ち、心配そうに見つめていた。ネズミ＝ビーバーがこの場をはずしたのはわずかな時間だけだった。疲労感と勇ましく戦っている。ミュータントとしての能力を失ってどんな気分なのか、表情にはほとんど見せていない。

ローダンはなんとか笑みを浮かべ、立ちあがり、

「まずニッキの報告を聞きたい」と、サリク、テケナー、ラス・ツバイに告げた。ほかの者たちは一時的に退いている。フェルマー・ロイドは自室キャビンにいたが、疲労感が最悪で乗りきれそうにない。ワリンジャーは物理ラボで作業中だ。ローダンの希望にしたがって、イルミナ・コチストワがつきそっている。細胞活性装置保持者はすくなくともふたりで行動するようにと、ローダンは伝えていた。ひとりに不審な症状があらわれたら、もうひとりが非常呼集をかけることができるからだ。

フェルマーにはアラスカ・シェーデレーアがついている。

「なにを期待しているのですか？」ロナルド・テケナーはローダンにたずねた。

ローダンが答える必要はなかった。この瞬間、搭載艇の女艇長が司令室にはいってきたためだ。

ニッキ・フリッケルは、詳細にいたるまで自分の経験と観察を報告し、最後に推測で話をしめくくった。

「ポルレイターの標的はこちらの命ではありません。わたしたちをここから追いだし、なによりも特定のゾーンから遠ざけたいのだと思います。卓越した示威手段を見せつけ

るだけで、充分なのです。ジョーン・ルガーテはエンジンがとまったとき、スペース＝ジェットをなんとか地面すれすれまで降下させたと説明していました。その後、全システムが停止したそうです。かれらは徒歩でバリアをこえなくてはなりませんでした。飛翔装置などはすべて使えなくなっていたので」

「つまり、バリアは徒歩でなら通過できるのだな？」テケナーは驚き、無理に笑顔を見せた。

ニッキは困ったようなしぐさをして、考えこむような視線を投げかけた。

「かならずしもそうではありません。ポルレイターは、わたしたちが特定のゾーンにはいるのを阻止するために、バリアを築きました。ジョーンと乗員たちが通れたのは、《ラカル・ウールヴァ》に帰ろうとしたからでしょう。これでわたしの推測がますます立証されます。ナークトルのスペース＝ジェットも、さまざまな恐怖心を植えつけられたあと、解放されました。理解できないことを、理解しようとすべきではないと思います。ここをはなれるべきだというのは確実です」

「それはぼくらもわかってる」グッキーがいった。「ね、ペリー？」

ローダンは無表情だった。しかし、思わず自分の内部を探り、細胞活性装置が問題なく動くのをやめそうな徴候があるかたしかめようとした。

なにも感じなかった。

「おそらく」ローダンはゆっくり話した。「いま証明されているのは、ポルレイターがまだ、われわれの命を故意に危険にさらすほどネガティヴな存在になっていないということだ」

ラス・ツバイは哄笑（こうしょう）した。

「そうですか、そんなことはしていないと？　ペリー、災難はわれわれミュータントからはじまり、細胞活性装置保持者全員にひろがるでしょう」

「わかっている」ローダンは答えた。「しかし、われわれが早々には退却しないと、ポルレイターたちは確実に知っている。それまでは……」と、腕をひろげて嘆息した。

「それまでは、待とう」

「オソを待つのですか？　かれが約束を守って、フロストルービンの正体を明かすことを？」

あれは約束だったのだろうか？　いまのオソは《ラカル・ウールヴァ》を出る前のオソと、変わらない存在なのだろうか？

ローダンの思考は堂々めぐりをしていた。くりかえし同じ質問がのぼってくる……しかし、答えは見つからない。

「待つ」ローダンは決断した。「オソに多くの希望をかけていると主張したら、きみたちと自分自身をあざむくことになるだろう。だが、いまはまだ、ごくわずかな確信がのこっている。あと数日間、この不確実な状況を耐える価値はあると思う」

「数日間？」言葉がテケナーの口からもれた。

「細胞活性装置が故障するまで、ということだ。このような状況をわれわれは何度も乗りこえてきた、テク。M-3を出れば、かつてのようにこの悪夢も終わる」

ローダンの決断にとうとう同意したにもかかわらず、懐疑心が顔に浮かんでいるのは、テケナーだけではなかった。

しかし、もっとも悲観的な者でさえ、ローダンがどれほど読み違いをしていたか、この瞬間はまだ気づいてもいなかった。

*

あらたなことは起きないまま、二日が過ぎた。ミュータントたちは増していく疲労感に苦しんでいた。ローダンは一時間の睡眠もほとんどとらず、三日めの夜明けには、自分はどこかごまかしていたと、重苦しい心で認めざるをえなかった。

もう一度ここにくる気持ちがオソにあったら、たとえテラナーにあらためて撤退を要求するためだけであろうとも、すでに充分な時間があっただろう。

ローダンはあらたな不安にとらわれ、その奥底の原因も把握できそうになかった。

至急のスタートを要求する乗員の数は恐ろしいほど速く増加して、ローダンもその議論に心を閉ざすことはできなくなっていた。

決断がかたまったのは、ワリンジャーの自室キャビンに呼ばれたときだ。

青ざめた顔色でワリンジャーは横になっていた。ローダンを見ると、つきそっていたイルミナ・コチストワの顔に影がよぎった。

「もう限界です、ペリー」と、イルミナがささやく。「わたしも……同じく、もうだめだと感じています」

ローダンは寝台のへりに腰かけると、かつての義理の息子の視線をうけとめた。

「すみません、ペリー。わたしは……」

「いまはなにもいうな、ジェフリー。非難されるべき者がいるとするならば、それはわたしだ」ローダンはうなずいた。「そうだ、ジェフリー。わたしは禁じられた場所に迷いこんでしまったのだろう。ポルレイターにはもはやなにも期待できない……ともかく、いいことはなにも」

「かれらがこんなに変わってしまうとは、信じたくなかったのでしょう？」

「それもある。われわれ全員、もう充分に熟慮しつくした。正直にいうなら、かれらが外でなにを計画しているか、考えるだけで不安だ。それが判明するまでズルウトにのこるべきだと、なにかがわたしに告げている。しかし、もう終わりだ、ジェフ。《ラカル・ウールヴァ》はすぐにスタートし、艦隊とともにM－3を離脱する」

ワリンジャーはからだを起こした。イルミナが眉間にしわをよせるのを見て、ほほえみかける。

「だいぶ回復しています。わたしのことは心配しないでください。ですが、ペリー、それだけではありませんよね？　すでにあらたな目標を定めていないなど、あなたらしくありません」

ローダンは遠方を見るような目つきをした。

「できるだけ早くM-3をはなれる。フロストルービンの封印場所の座標は獲得した。そこでなにが待ちうけているかは、わからなくとも……」

ローダンは立ちあがり、ワリンジャーの肩にやさしく手をかけた。

「だが、あらたな調査を考える前に、まず全員でこの球状星団を出なくてはならない。わかっていると思うが、きみのもとに……」

「とんでもない、医療ロボットなどよこさないでください！」ワリンジャーは立ちあがって腕をひろげ、脱力状態の発作は終わったというそぶりを見せた。「司令室に行き、われわれをここから脱出させてください」

「すぐに、ジェフ！」

ワリンジャーは女ミュータントとふたりきりになると、大きくかぶりを振った……その動きがいくらかはげしすぎたようだ。すぐにイルミナに支えられるはめになった。

「ペリーの立場にはなりたくないものだ」ワリンジャーはしずかにいった。「この艦にいて、ペリーがおそらくいちばん気になっていることはなにか、わかるだろう？」

「もはや自分の立場にそぐわない役割に身をおいていると、自覚していることですね」メタバイオ変換能力者はいった。

ワリンジャーは弱々しくうなずいた。

「かれの立場か、イルミナ。まさにそこだ。ペリーはジェン・サリク同様、深淵の騎士だ。クーラトでは、われわれのだれもやりたがらないような任務をはたした。ときどき、かれをまだわれわれの友と呼んでいいか、疑問になる」

「ジェフリー！」

「きみはわたしのいいたいことを正確にわかっているだろう。かれはハンザ・スポークスマンだ、それは認めよう。しかし、LFTやGAVÖKの代表をつとめているわけではない。なのに、ペリーが人類のために決断をくだすことを、だれもが期待している。イルミナ、わたしはよくおぼえているよ。わたしがかれの娘スーザンと結婚したときのペリーを。グッキーをからかい、ブリーやアトランとけんかをしたときのペリーを。イルミナ、かれは孤独になってしまった」

「だけど、ペリーは変わりませんわ。新しい任務もやりとげるでしょう。いまここで経験したよりひどい失敗もあるでしょうけど。わたしがかれをどう思っているか、いいましょうか？」

「たのむ」

イルミナは空想にふけるようにほほえんだ。

「かれは若いままです。わたしたちの大半よりも、ずっと若いわ」

ワリンジャーは嘆息し、寝台に倒れこんだ。

「まだひとつ欠けているな。かれにはそろそろまた女が必要ということだ」

彼女は笑った。

「それについてはコメントしないでおきます、ジェフリー。だけど、ひょっとして、あなたも気づいたんじゃありませんか？　ペリーがニッキ・フリッケルを見るあの目つきに……」

＊

まさにそのニッキ・フリッケルは、ナークトルとウィド・ヘルフリッチとともに食堂のテーブルをかこんでいた。《ダン・ピコット》にいたときと同じように、かつてのワイゲオの夜の放浪者のため、予約してあるも同然のテーブルだ。そこへふたりの人物がはいってきたのに気づき、ニッキは驚いた。

食堂には三名のほか、宙航士は十名程度しかいなかったし、みな自分のするべきことをしていた。はいってきたジョーン・ルガーテとハリーをニッキは見たが、ほかのふたりはちらりと顔をあげただけだった。

「ちょっと、見て」ニッキは嘆息した。「聖なるヨハンナと、その騎士よ……むしろ小姓かしら」

「だれだ？」ウィド・ヘルフリッチがたずねた。「教えてくれ。こっちにくるぞ」

「われわれがずっと話題にしていたふたりさ」ナークトルが答える。「徒歩で行進した者たちだ」

「本当にこっちにくるわ」ニッキがささやいた。「ひょっとして、お礼をいいに？」

三名は向きを変え、ジョーンとハリーのほうを見るかたちになった。ニッキは無造作に足を組んで、ほほえんでたずねた。

「その後どう？　回復した？」

「そんなこと、わたしにはずっときいてくれなかったな」ナークトルが憤慨したふりをして嘆いた。「あの光の泡のなかですわって最期の瞬間を待つよりも、この奇妙な惑星を歩きまわるほうが十倍もいい」と、馬づら男を横目で見やる。「きみもなにかコメントしたいか、ウィド・ヘルフリッチ？」

「ちょっとしずかに！」ニッキがいった。

ジョーンとハリーが前に立っている。女のほうは自身に打ち勝たなくてはならないような表情をしていたが、ようやくいった。

「ハリーがなにかいいたいことがあるって。というよりも、質問が」

「なんだ？」ナークトルは嘆息した。

ジョーンは頭ひとつぶん、背の低い男の横腹をつついた。

「さ、ハリー。いいなさいよ！」

ハリーはからだをよじらんばかりにして、ヘルフリッチ、ナークトル、ニッキを順番に見つめ、投げやりなしぐさを見せた。

「なんでもない。いっしょにくるように彼女に脅されたんだ。忘れてくれ」

うしろを向き、二、三歩、テーブルからはなれたところで、ジョーンにコンビネーションの襟首をつかまれ、いやおうなくひきもどされた。

「脅してなんかいないわよ、ハリー！　あなたが気おくれしているからって、わたしが子守みたいに、ここで話さなくてはいけないのを楽しんでいるとでも思ってるの？」

「そうなのか？　わたしのためだけにやっているのか、ジョーン・ルガーテ？　わたしがどう思っているか、話しておきたい。つまり、わたしが思うに、きみは三日前の朝の事件を埋めあわせようとしてるんだろう。そうなれば、もうだれもあの事件のことを考えなくなるからな……きみ以外は」

「ハリー、ポルレイターを見たといいはったのはだれよ？　あなた、それともわたし？」

ナークトルは椅子にもたれて、こぶしを腰にあてた。

「これはなんなんだ？　バラエティ・ショーか？　楽しませようとしてくれるのはご親切でありがたいが、そろそろまとめてくれ。きみはポルレイターを見たんだな、ハリー？　われわれもそう考えているぞ」

ハリーはなんともいえない目つきでナークトルを見つめて、愚痴をこぼした。

「それは彼女の固定観念だ。ジョーンはやましいところがあるもんだから、いま、わたしを利用して名誉挽回できると考えたんだ」唇をかみしめた。そのしぐさから、ハリーが女宙航士をどう評価しているかが伝わってくる。「彼女にあんなことをいうなんて、わたしはおろか者だった」

「なんといったの？」ニッキがやさしくたずねた。

「一時間前にわたしのところにやってきて、ポルレイターを二名見たっていうの。明らかにたがいに戦っていたって」かわりにジョーンが答えた。「ハリーは臆病者だけど、ふだんは幻覚を見たりしないわ。わたしは笑いとばしたけど、その件が不気味に思えてきた。それで、ローダンの神経にさわるようなことをする前に、あなたたちがどういうか、たずねようと思ったの」

ウィドは馬がいななくように哄笑した。

「きみたちは……ペリーにその話をしにいくつもりか?」

「わたしはこの話をどこにももらしたくない！」ハリーが金切り声をあげた。ほかのテーブルの者たちが驚いて振りかえるような声だった。「ジョーンがそうしたがっているんだ！」

「ゆっくり話をまとめたほうがいいわね」と、ニッキ。「どうしてその話をわたしたちにしにきたのか、よくわからないけど、まあ、いいわ。ポルレイターが二名でつかみあいをしていた。そんなところは見たことがないわ。場所は艦内のどこだったの？」

「艦内ではない」ハリーがぼそりといった。「外だ」

「おやおや！」ウィドは真剣になった。「幸福者には、しばしば嵐やもっとも深い暗闇のなかで時が告げられる」

「ラテン語版は持ちあわせがないの？」ニッキが嘆息した。「ウィド・ヘルフリッチ、かれの話をさえぎらないほうがいいわよ。あなたもね、ナークトル」と、すこし前かがみになり、ハリーをはげますようにうなずいた。「話をやめないで。ジョーンが隣りにいることは忘れるのよ。ポルレイターはどうなったの？」

「なんということだ……！」ヘルフリッチは頭をかかえ、絶望したようにナークトルを見つめた。「ニッキ、まさかかれを信じるんじゃないよな？　乗員の半数が外でポルレイターの行方を探したんだぞ。そのひとりがいまやってきて、好き勝手にしゃべりまくり、まるで……」

「ウィド！」

「はいはい、もうしずかにしているよ。ナークトル、きみの艇の故障はどうなった？さ、見てみようじゃないか、この三名とポルレイターだけにしてやろう」

「ポルレイターなんて、わたしには見えないぞ」スプリンガーは驚いて、振りかえった。

「だからだよ」

ニッキはふたりが食堂を出ていくのを見送り、またハリーにうなずいた。

「それで？」

ハリーは深呼吸をして甲高い声で話しはじめた。

「それについてはジョーンは知らないんだ。あれは、われわれが《ハリ・ガリ》を出たあとのことだった。ジョーン、ドン、グレガーがエネルギー供給が完全にとだえた理由を探そうとしていたとき、鋼の塔二本のあいだでなにかが動くのが見えた。正体はほとんどわからなくて、いまは光と影の錯覚にだまされたと確信しているが、そのときはまさに活動体にはいったポルレイター二名が衝突しているように見えたんだ。戦ったあと、姿が見えなくなった。そういうことだ。口から出まかせをいうくらいなら、ぶちのめされてもいい！」

ニッキは笑いとばさなかった。

ジョーンは期待をこめてニッキの前に立ち、話しはじめようとしたが、ニッキが手を振ってそれをとめた。

ニッキはハリーを真剣に見つめた。

「いっておきたいの、友よ。あなたがほら話をするためにきたなら、わたしもウィドとナークトルと同じように反応すると思うわ。でも、そうじゃない。あなたは見たのよね？　で、笑われるのが恐かったから、二日間だけ口を閉じていた」

「あれは……！」ハリーは必死に腕をひろげた。「たぶん、そうだったと思う。だが、わたしも驚いたし、完全な確信がなかったんだ！」

「さ、まず司令室に報告にいきましょう」ニッキは立ちあがった。

ハリーは一歩うしろにさがり、はねつけるように両手をのばした。

「行きたくない……」

「残念だけど」ニッキはほほえんだ。「行かなくちゃだめだと思うわ」

「ほらね！」ジョーンがいった。「ハリーは空想家なんかではないと、わたしはすぐにわかったわ」

ジョーンはふたりのあとをついていこうとした。ニッキはまじめにかぶりを振った。

「ハリーが見たのよね？　それとも、違うの？」

＊

《ラカル・ウールヴァ》の司令室ではスタートの準備が終了したところで、そこに居あわせた者は、ニッキ・フリッケルの話に衝撃をうけた。

ローダンはインターカムを介し、ハリーが見たことについて詳細な報告をうけた。

「なにか変更になりますか？」ロナルド・テケナーがたずねた。

ローダンはかぶりを振った。テケナーは脱力発作からすでに回復していたが、その血の気のひいた顔をひと目見るだけで、ローダンがふたたび決断をかためるには充分だった。

「すくなくともいまは変更はない、テク。場合によっては搭載艇を一機か二機、ここに送りかえし、新モラガン・ポルドの動きを適度な距離から観察させるかもしれないが。これ以上《ラカル・ウールヴァ》の乗員を、ポルレイター由来の危険にさらすわけにはいかない」

技師の証言をどうとらえたか、ローダンは自分の考えはあらわさなかった。

艦の全ステーションが作業中だった。乗員は最後にもう一度、全艦放送でスタートが迫っていると知らされた。

数分がはてしなく長く感じられる。だれもが無口だった。いうべきことは、無数の議論ですでに話しつくされていた。

司令室要員は熱心に作業していた。スクリーンが光り、コントロール・ランプが点滅する。モニターでは数字の列が次々に変わっていた。

カウントダウンがはじまった。だが、《ラカル・ウールヴァ》は一センチメートルも浮上しない。ブラッドリー・フォン・クサンテンが悪態をついた。

ローダンの背筋を戦慄がはしった。乗員たちの狼狽したような声を聞いて、すぐになにが起きたか悟った。

乗員たちはシートから勢いよく立ちあがり、大声をあげて走りまわった。その顔には、わけがわからないというよりも……純然たる恐怖が浮かんでいる。

インターカムによる報告が数十件、流れこんできた。ほとんどのステーションから、重大なシステムの機能不全を伝える連絡がはいった。

ブラッドリー・フォン・クサンテンはローダンの前に立ち、言葉を絞りだした。それは、この数日、数週間の凶報すべてが無意味になるほどの言葉だった。

「われわれ、スタートできません！」

＊

ロナルド・テケナーは唇をかみしめ、数秒間、だれかの喉に飛びかかりそうな表情を見せた。

その視線は、自席でとほうにくれて立ちつくす者たちの顔を移動していき……艦の各所をうつすスクリーンの列に向けられた。おもにエネルギー・ステーションがうつっている。そこの制御室の乗員のようすも、司令室となんら変わりなかった。

「ありえない！」かつてのUSOスペシャリストは声をあげた。「ブラッドリー、故障が問題なら、原因を探して処理しよう。われわれ……」

「われわれ、スタートできません！」フォン・クサンテンがくりかえす。今回はひとつひとつの言葉をゆっくり強調し、なかば振りかえると、モニターをさししめした。「みなさん、自分で確認してください。それとも、修理すべき個所があったのに、わたしが技師たちを派遣しなかったとでも思っているのですか？」

「では、われわれ、拘束されてしまったのか？」ジェン・サリクが淡々とたずねた。

フォン・クサンテンは笑った。

「ポルレイターにきいてくださいよ！　内的・外的要因はいくらでも考えられます。だが、一点は確実だ。ポルレイターが望まないかぎり、《ラカル・ウールヴァ》は一ミリメートルだってこの盆地からはなれられません」

「しかし、まったく意味がわからない」ローダンがつぶやく。「かれらは、われわれを追いはらうためにあらゆることをした。なぜ、かれらの思うとおりにしようとしているのに、よりによって阻止するのだ？」

「ですが、実際に邪魔しています」主ポジトロニクス出力装置のところにいるジェニファー・ティロンがいった。「ここに、蓋然性をしめす値いがならんでいます。これを見るかぎりでは、最初の分析で、わたしたちの周囲に強力なエネルギー・フィールドがはりめぐらされていることが確認できました……どんな性質のものかについては説明できませんが」

「もう一度ためしてくれ」ローダンは艦長にたのんだ。

「結果はいますぐにでもお伝えできますが」フォン・クサンテンが答える。

今回は、カウントダウンをはじめるまでもなかった。

「だめだ！」テケナーがいった。「終わりだ。さ、どうする？」

ペリー・ローダンは、もはやどんなことにも動じないといった男の表情で、驚くほど冷静にいった。

「われわれにはまだ《ソドム》がある。搭載艇も。各機のスタート機能を調査してもらいたい。必要ならば、《ラカル・ウールヴァ》の外でテスト飛行をしなくてはならない。ラスはどこだ？」

「おそらく自室キャビンかと」ジェニファー・ティロンがいった。「呼んできましょうか……？」

「自分でやるからいい。艦隊に警報を出してくれ。ズルウトに着陸できるか、ためしてもらう」

「できるか、ですって？　チーフは無理だと思っているのですか？」

ローダンの沈黙は答えとして充分だった。

ポルレイターはわれわれにこの惑星にいてほしくないのに、われわれを捕らえている！　そこにどんな意味があるのだろうか？　と、ローダンは考えていた。

この数日間でポルレイターが実行したこととの驚くべき展開は、本当にヴォワーレの消滅だけが原因だろうか？　セト＝アポフィスによってコントロールされていると、考える必要があるのではないか？

さらに考えを進めると、疑問が浮かんでくる。ひょっとしたら、ポルレイターは一連の出来ごとや、《ラカル・ウールヴァ》の拘束に責任がないのだろうか。事情はまったく異なり、かれらがわれわれと同じように絶望的な状況にいる可能性もある。セト＝アポフィスが想像をこえたやり方で新モラガン・ポルドに根づよく存在しているのかもしれない。超越知性体がポルレイターの頭ごしに、その力を借りることもなく、かれらの抵抗にあらがって動いているのかもしれない。

思わず、技師の発言について考えさせられた。ローダンは空論から現実に自分をひきもどした。まだ《ソドム》の状況を確認していない。

インターカムで、ラス・ツバイとの交信を確保する。たとえツバイ自身が《ソドム》へジャンプする力はまだあると思うと答えたとはいえ、自分がテレポーターをきわめて危険な状態にさらそうとしていることを、ローダンは意識した。

「ですが、ひとりでは多くのことはできないでしょう」と、ツバイ。「キャラモンを連れていきます」

「ラス、無理には……」

アフロテラナーは手を振って拒絶した。

「自分になにができるかはよくわかっています、ペリー。《ソドム》から連絡するか、キャラモンとまっすぐそっちに行きます！」

「たのむ」スクリーンの映像が消えると、ローダンはつぶやいた。

フォン・クサンテンが全艦放送で、スタートの試みが失敗したと《ラカル・ウールヴァ》の乗員に告げ、冷静さをたもつようにと注意をうながした。さらに搭載艇の乗員は指示をうけた。

「問題がなければ」ローダンはフォン・クサンテンに呼びかけた。「例の技師をよこしてくれ。ポルレイターを二名見たと主張した者だ。名前はなんといったか？」

「ハリーです」ジェニファー・ティロンが答えた。

6

その二時間後、まず、《ラカル・ウールヴァ》の搭載艇は一機も飛べないことが確認された……さらに、複合艦隊も救助を送れないことがわかった。

新モラガン・ポルドの惑星のあいだには、あらたにバリアが生じていて、二百八十隻の艦船が星系内部へ航行できないだけでなく、第四・第五惑星のあいだで拘束されていた。バリアは両方向に作用している。《ラカル・ウールヴァ》も艦隊も、バリアをはった者の意志によって、五惑星施設からの脱出が不可能になっていた。つまり、M－3中枢部から出られない。

ようやくラス・ツバイがクリフトン・キャラモンと司令室で実体化したが、ふたりともなにもいう必要はなかった。

ラスは黙って、かぶりを振っただけだった。しかし、キャラモンは右のこぶしを左のてのひらに打ちつけ、

「だめだ！」と、興奮していう。「《ソドム》内は、なにも動かん！　搭載艇二機の準

備をととのえようとしたが……ちくしょう、そのうち一機をいずれまた宇宙空間に出すことができるなら、悪魔にさらわれたっていい！」キャラモンはローダンを探して、その前に立った。「どうしますか、サー？　ポルレイターにとどめを刺されるまでなにもしないで待つしかないとは、いわないでください！　いまの時代、もう艦の兵装はやらないのですか？《ラカル・ウールヴァ》が着陸したさいに砲塔を見たと思ったのは、思い違いだったのでしょうか？　なんという時代にきてしまったことか！」

「前よりいい時代だ」ラスがいった。

キャラモンは品定めするような目つきでテレポーターを見かえし、

「もちろん！」と、皮肉をたっぷりこめて答えた。「かつての行動は、すべて間違っていましたな。われわれ、マークスに殲滅されていればよかったのでしょう？　ミスタ・ツバイ、当時のテラナーの気質がいまとは異なったものでなかったら、今日、太陽系帝国は存在しなかったはず！」

「太陽系帝国はもはや存在しないのだ！」テレポーターはめずらしく強い口調で答えたが、次の瞬間、こめかみを押さえ、すわる場所を探すことになった。そのまま目眩の発作がおさまるまで、目を閉じていた。「そして、ラール人やそのほかの種族があらわれたときに、われわれの船の乗員がきみのいうような気質の持ち主だったら、人類はもはや存在しなかっただろう……」ラスの声がかすれてきた。突然、まぶたが鉛のように重くなったようだ。

若い女性乗員が司令室からラスを連れだした。出入口でツバイはもう一度立ちどまった。

「ヴォワーレが秘密兵器についていったことを、もう忘れてしまったのか？」

キャラモンは驚いて黙った。

うしろを向き、盆地の周囲をうつすスクリーンの前で立ちどまると、腰をおろす。

そこにいた男女は、司令室要員もミュータントも、重苦しい気持ちで前を見つめ、気にかかる不安な質問をだれも口にしない。これから数分間、もと提督の感情の爆発にわずらわされずにすむだろうと、だれもが思ったそのとき、キャラモンがまた立ちあがり、目を見開いてスクリーンを見つめた。

片方の腕をあげ、ひとさし指でスクリーンに触れている。

「そこ……そこに、ポルレイターが一名いる！　ぶちのめされてもいいが、盆地の縁をこえてやってくるぞ！」

ハリーは自分が見たものをもう一度ローダンに報告したあと、所在ないようすで司令室にいたのだが、ぎくりとしてからだをすくませ、キャラモンにたずねた。

「いま、なんといいましたか？　ぶちのめされても……？」

ローダンがやってきて、そっとハリーをわきにどかした。そしてキャラモンの肩ごしにのぞきこむと、自分の目で確認し、しずかにいった。

「本当に活動体だ。けがをしているように見える」

「よろめいています」テケナーが、もうひとつのスクリーンにうつった映像で確認した。

ハリーはポルレイターに視線が向けられるのを見ていた。

オソかもしれない、と、ローダンは考えながら観察をつづけた。活動体はなんとか障害物を乗りこえ、数分後、ふたつの隆起のあいだで倒れて動かなくなった。

「連れてこよう！」思わずいった。「かれはここにこようとしている」

「連れてくる？」ブラッドリー・フォン・クサンテンは自暴自棄な笑い声をたてた。

「どうやってですか、搭載艇が故障しているのに？」

「歩いていくのだ。わたしみずから行く。まだ力のあるミュータントも同行してほしい。おそらく援助が必要だ、ブラッドリー。外に出れば、途中でなにが待ちかまえているかしれない。しかし、あのポルレイターはこちらにきたがっていた……あの状態から察するに、仲間の意志に抵抗してここまできたのだろう」

「つまり、かれがなにかを伝えたがっていると？」ロナルド・テケナーがたずねた。

「このいまいましい大騒ぎにどんな意味があるか、明らかになるでしょうか？」

「そう願う」ローダンが答える。「かれにまだその力があることを、われわれ全員、願ったほうがいい」

オソか！　ローダンはかすかな予感が湧きあがるのをまた感じた。

「わたしも行きたいのですが」ハリーはいい……同時に自分自身の発言に驚いた。いったい自分はこの司令室で、なにを血迷ったのだろうか？

ジョーンが恨めしい。口を閉じていられなかった自分自身も恨めしい。これまで平穏な生活に満足していたのに、こんなことに首をつっこむとは、理性を失ってしまったのだろうか。荷が大きすぎやしないだろうか？

しかし、気がつけばハリーは防護服を着用し、ペリー・ローダン、フェルマー・ロイド、アラスカ・シェーデレーア、そのほか知らない乗員たち十数名にはさまれてエアロックに立っていた。

とんでもない部隊だ！　ハリーは考えた。ロイドはほとんど直立することすらできていない。ローダンとアラスカも健康とはほど遠いようすだ。では、自分は？

ズルウトは人類には快適でない惑星だ、という思いがよぎる。そして突然、これまでにないほど、ジョーン・ルガーテ、グレガー、ドンが懐かしくなり、再会できないのではないかという恐ろしい不安につつまれた。

ローダンからはげますように見つめられ、ハリーは悟った。自分がポルレイター二名の戦っているところを本当に目撃したとペリーが確信していなかったら、ここに連れてこられることはなかっただろう、と。

しかし、ペリーは自分になにを期待しているのだろうか？

それはハリーにはわからなかったが、ただひとつ明白なことがあった。けがをしたか、すでに死んだ活動体のなかにいるあのポルレイターは、ローダンにとってきわめて重要な存在なのだ。

「戦いの状況をくわしく思いだしてもらいたい、ハリー」細胞活性装置保持者は、ハリーの考えを読んだかのようにいった。「どんなちいさなことでも。わかったか？」

ハリーはただうなずいただけだった。外側エアロックが急に開いた。

ハリーは喉に塊りができたような気がして、唾をのみこんだ。エアロックは人工的につくられた盆地の地面から、ゆうに五百メートルの高さにあった。ハリーは真紅の巨星をまっすぐ見つめた。その光のせいで、青いゾーンの施設は、災いを招くような不気味なむらさき色につつまれている。

この不毛の世界の地表にグループの一員が安全におりていけるかどうかさえ、まだわからない。

人間たち以外にも、さまざまなタイプのロボットが数体、エアロックにそろっていた。ペリー・ローダンがマシンの一体に、作戦に向けた試みをするように指示した。

それを聞いてハリーは、自分が失敗を願っているのに気づいた。しかし、またローダンの目を見つめて、自分をちいさくおろかな存在に感じた。

ロボットはしずかに浮遊し、《ラカル・ウールヴァ》から外に出た。速度をたもったまま、ゆっくり降下して艦からはなれていく。《ラカル・ウールヴァ》を拘束し、搭載艇を機能不全にした力について、司令室でどんな推測がされたか、ハリーにはわからなかった。ローダンをかこんで、責任者たちがはげしく議論していた印象だけがある。しかし、ロボットが飛べるなら、なぜスペース＝ジェットを格納庫から出せなかったのだろう？

すこしのあいだ、ハリーのなかに技師らしさがふたたび出現し、問題の論理的に見える解決法を見いだそうと必死にとりくんだ。

ロボットは地表から百メートル地点までおりると、そこから石のように落下した。《ラカル・ウールヴァ》から千メートルはなれた場所……活動体がある盆地の縁までの距離の半分だ。

二体めは地表すれすれを、一体めの落下場所まで飛んでいった。そこがこのロボットにとっても終着点だった。

「最初のバリアだ」ロイドがいった。「いま、バリアの形状が完全に垂直だと確認できた。千メートルまでは、飛翔装置を使えるだろう」

「あとは徒歩で進むのですね」ハリーは自分がつぶやいているのを聞いた。

しかし、確信はなかった。

ローダンがほかの者に合図をした。それ以上ひと言も口にせずに、全員が防護服のグラヴォ・パックを作動させ、次々とエアロックから出ていった。

ハリーは最後についていく。からだのなかでなにかが締めつけられている気がした。恐ろしい虚無に墜落する気分になり、パニックにならないよう自制した。

《ラカル・ウールヴァ》の艦体がどんどん遠ざかっていくのが見えた。何千もの思考が頭のなかをかけめぐる。ひとつは、司令室から一行を追いかけてきた二名のダルゲーテンに関することだった。ローダンはかれらに、明らかになにか特別なことを期待しているようだった。

ハリーはダルゲーテンが不思議な能力の持ち主だと聞いていた。しかし、かれらもこれまで、ここで出会った虚無から生じたような力に対抗して、なにかを遂行したことはまったくなかった。

永遠の時が流れたと思ったとき、ようやく足が地面に触れた。

目前に、動かなくなったロボットが二体あった。そのフィールド・バリアのおかげで……どのように作動したのだろうか？……こっぱみじんにならずにすんでいたが。

ローダンは無言のまま、前方をさしめした。千メートル先に、動かなくなった活動体がある。

迷宮だ！　と、ハリーは思った。ここは、目に見えず探知もできないバリアや不可視の罠……なんであろうと、ポルレイターが用意したしかけでできた迷宮だ！

いつなんどき、そうした罠にはまることか！

＊

盆地の縁の方向へ機器を使って進むのは不可能だったが、《ラカル・ウールヴァ》との通信は、あらゆる懸念に反して、バリアを通過したあともたもたれていた。

二十名のグループをひきいるペリー・ローダンの頭のなかでも、かたわらの小柄な技師と同じような思考が駆けめぐっていた。ロボットはバリアを突破できなかった。防護服の全システムも作動しない。テストでは一部はまだ機能したとはいえ……前進するさいにはとくに使わない機能だ。

活動体はもはや動いていなかった。ローダンは同行者たちを急がせた。直感にせきたてられる。その直感は、前方にいるのはまさにオソだと告げていた。すでに死んでいるかもしれないという考えは振りはらう。

つかのまローダンは、惑星クラタウでの恐ろしく長い時間を考えた。ケルマ＝ジョとサグス＝レトがようやくこの最初のポルレイターを牢獄から解放するのに成功するのを、待っていたもの。その流れがこうして完結するのだろうか？

ローダンは道のりに集中した。障害物は迂回しなくてはならない。インジケーターに目をやりつづけるが、目に見えるような危険や障害はなさそうだ。しかし、周囲のあちこちにエネルギーの力を感じる。数分よけいに時間をすごしただけでも、命とりになりかねない。

一歩ずつ踏みだすのもひと苦労だ。最初にインパルスⅡでこうむったときのように、細胞活性装置の機能の欠陥のせいで、ローダンはミュータントやほかの細胞活性装置保持者にわずかに遅れをとった。フェルマーは歯をくいしばっている。

それでも一団は妨害されることなく、ポルレイターまで三百メートルの距離に迫った。ローダンが最悪の懸念は杞憂だったと考えようとしたとき、《ラカル・ウールヴァ》との通信がとだえた。

「進め！」ローダンは同行者たちに呼びかけた。

しかし、次の瞬間、目に見えないバリアに衝突したように立ちどまった。

盆地の縁でポルレイターが立ちあがろうとして、失敗したのが見えた。足が折れている。もう一度、上体を起こし、両腕でテラナーと《ラカル・ウールヴァ》の方角に向かって、意味の明らかなしぐさをした。

「警告しようとしています」ロイドがかすれた声でいった。「もどれといっているのです！」

ローダンはうなずいたが、かたくなな表情をしていた。

「かれを連れていこう！」と、強くいう。

ローダンはそのまま進み、すこし歩いては立ちどまり、突然に襲う目眩がおさまるまで待った。フェルマーは自身もみじめな状態だったが、ローダンを支えた。

ほかの宙航士たちは、しだいに不安になっていった。これまでただひとり、疲弊の症状を見せなかった細胞活性装置保持者のアラスカまで、何度も艦のほうを振りかえっている。

「進め！」

活動体はもう一度、無言で必死に警告の合図をしたあと、とうとう倒れた。くるのが遅すぎたのだ。

宙航士たちの目の前から、次々と周囲の景色が消えていった。のこっているのは、グレイにひろがる虚無だ。ゆっくりと湧きたつ霧の塊りが一団の周囲に集まり、窒息しそうになった。

ローダンはパニックにおちいりそうだと感じた。そんなことをしても無意味だとわかっていたが、とっさの思いつきにしたがって、防護服のフードをかぶり、ファスナーを閉めた。呼吸するための空気が自動的にたまり、透明カバーが膨らむ。

ほかの者の悲鳴がローダンの耳に響いた。振りかえるが、ぼんやりした姿しか見えない……ゆがんだ顔、グレイの霧を散らそうとはげしくふりまわす腕。頭が破裂しないようにおさえるかのごとく、むきだしのこめかみに手を押しつけている。

次に、ローダンは自分の叫び声を聞いた。燃える針が脳をつきさしているように頭が痛む。足が曲がり、精神的に焼きつくされる恐怖が数秒間つづき、思考力が麻痺した。自分がひざまずいているのに気づく。四肢がどんどん重くなっていき……ひとりぼっちになったように感じた。

「フェルマー！」大声で呼ぶ。「アラスカ！　だれか……応えてくれ！」

応えは完全な沈黙だった。パニックに打ち負かされそうだ。たったひとりで、このグレイの虚無につつまれ、どこかにある巨大惑星の濃い大気のなかを漂っている。ここでは微風すら感じない。ローダンは驚いて自分の膝を見つめた。その下にはかたい地面が感じられるが、見えるのははてしないグレイだけだ。

あらがい、自制して、すこしでも思考力をとりもどそうとした。

幻覚だ！　と、自分にいいきかせる。非常な努力のすえ、声に出したのか、あるいは頭のなかで考えただけなのか？

錯覚だ！　戦え！　ここはズルウトだ！　うしろには《ラカル・ウールヴァ》がある！　前にはオソ！　わたしはかれのところに行かなくてはならない。行くのだ！

まわりには仲間がいる。目には見えず、ただグレイがひろがるだけだが。それぞれが同じ状況にちがいない。信じよ！

だれかがいっている……自分たちは転送作用で移動したのではない、と。このグレイの無限の宇宙空間へ放出されたのではない、と。

自分はメンタル安定人間だ！　このような幻覚を見せるものの影響に屈することなど、ありえないではないか？

わたしの前には……オソがいる！

思考に集中して、必死に自分をたもとうとする。オソだ！　かれのところに行かなくては！　わたしがそこに行くのを、だれかが阻止しようとしている！

ペリー・ローダンは立ちあがったが、十数Gの重力にあらがっているような気がした。直立し、よろめいて前に倒れた。泳ぐように両腕をかき、下にひろがる虚無にうけとめられた。

このときの痛みが、最後の思考力を守った。すべてをのみこむ洪水に溺れる者が一瞬、波間で浮かびあがり、あえいで吸う貴重な空気のようだった。

オソ……フロストルービン！　ポルレイター！　深淵の騎士！　わが使命！

その思いのすべてがまじりあい、声のない叫びになり、反抗心になり、最後の爆発的な力が生まれた。よろめきながら、一歩、また一歩と前に進んでいく。

このゾーンはかぎられた空間だ！

ローダンはおのれのものではないパニックにつきうごかされ、前にからだをひきずる。

　そして、悪夢は過ぎさった。

　ペリー・ローダンは仰向けでころがったまま、息づかいも荒く真紅の恒星アエルサンを眺めていた。

　アエルサン……ポルレイターの五惑星施設……《ラカル・ウールヴァ》……盆地……オソ！

　まだなお切迫するような印象を感じさせる、先の見通せない騒乱のなか、この思考の連想が錨のようにローダンのよりどころとなる。かれはそれにしがみついた。

　しかし、また現実も見えてきた。立ちあがると、この平面のせいで揺らいで見える乗り物……《ラカル・ウールヴァ》が見えた。そして、振りかえると、オソがいた。

　ほかの者たちは、まだ幻覚ゾーンでパニック・インパルスにとらわれているのだろう。呼びかけるが、反応はなかった。このフィールドから脱出しなくては……だが、数十メートル先に活動体が横たわっている。

　あらためて幻覚ゾーンに進入すれば、また方向を見失う危険がある。オソの方向に進めたのは、ひとえに幸運に恵まれたためだ。そして、オソは……

　……死にかけている！

　活動体の目から光が消えていくのを見て、ローダンはいままで以上に強く疑念を感じた。自分はまどわされている仲間たちを見殺しにするわけではない、かれらはいずれ自力でパニック・ゾーンからぬけだすだろう、と、無理に考えた。わたしがいますべきことは、ひとつだけだ。

体力はまだ充分あるのを感じる。オソのところまで歩けるだろう。しかし、身じろぎもしないポルレイターから数メートルの地点まできて、あらためてなにか未知の者に意識を襲われる感覚がした。

ローダンは肉体に一撃されたように、ほうりだされた。

二度めの攻撃のさいには、オソの状態に対する絶望感、怒り、同情心から勢いよく立ちあがった。活動体はまたからだを起こし、嘆願するように腕をのばしてきた。

だが、最初のときより先には進めなかった。

オソが倒れている場所まで五メートルほどしかないが、到達できない。あたりを見まわすと、ハリーがよろめいているのがわかった。技師はなにを目撃したのだったか？　たぶん明確に説明できなかったか、あるいは心から押しのけてしまった光景だ。

宇宙の秩序を守る勢力のために長いあいだ戦ってきたポルレイターたちが、いまはその同胞の一名を故意に殺そうとしていることも考えられるのではないか？

オソをこのフィールドに拘束して、ゆっくり窒息させ、なにも知ることを許されないテラナーに、秘密をもらせないようにしているのか。

この苦い発見を見ないですます方法はないようだった。

ローダンは《ラカル・ウールヴァ》との通信を復活させようとしたが、無理だった。

そこにオソが横たわり、死につつある。向こうではアラスカ、フェルマー、ほかの乗員たちが、パニック・ゾーンに容赦なくひきずりこもうとする力と必死に戦っている。

そして、ローダンはひとりでまったく手が出せないでいる。

ポルレイターに呼びかけるが、言葉はとどかなかった。オソがなにかをいっても、フィールドを通過できない。

ローダンは小型ドーム、隆起など、パニック・フィールドを生成するプロジェクターがありそうなものすべてを狙うつもりで、コンビ銃をぬこうとした。そのとき、驚くことにラス・ツバイが隣りで実体化した。

テレポーターは細胞活性装置をはずしたことを身ぶりで告げた。装置をつけていても、ミュータントに特有の疲労感を追いはらうことはできない。それどころか、活性装置の不具合でべつの症状をひきおこすだけだったのだ。

テラナーたちと違い、ポルレイターのほうは、こちら側の個々の特徴を容易に確認することができる。そのおかげで、オソはおそらく最後の力を振りしぼってからだを起こし、活動体の腕をはげしく振って、盆地のすぐそばの小型ドーム一棟と、つづいてラスをくりかえしさししめした。

「かれは……この作用の発生源を教えたいのだ」ローダンがいった。

この幻覚ゾーンによるバリアのなかでも、テレポーターとのコミュニケーションには、なんら障害はなかった。ローダンには、ツバイの言葉がはっきり聞こえた。

「さらにかれは、自分がその作用を追いはらえないことも知っている……もちろん、われわれにも不可能です。ということは、つまり……」

それ以上、ラスは言葉に出す必要はなかった。艦への視線でことたりていた。

つまり、と、ローダンは考えた。ダルゲーテンたちが救いになるかもしれない。かれらがこの場所への手がかりを得られれば。

ローダンはためらったが、オソの望みにしたがうよりほかに選択肢がないのはわかっていた。

人類は、ズルウトに暴力を持ちこむべきではないのだろう。しかし、これは純然たる正当防衛ではないか？

ポルレイターたちの生命が脅かされるか、とりかえしのつかない物質的障害をうける恐れがあったら、オソは自分たちにドームをさしめしただろうか？

活動体の目がしっかと向けられ、ローダンはまたそこに必死の懇願が読みとれたように思った。

衰弱発作に襲われ、数秒間、目の前が暗くなった。

「ジャンプしてもどってくれ、ラス」ローダンはかすれた声でいった。「《ラカル・ウールヴァ》へもどり、ケルマ＝ジョと……」

ローダンはだれもいないのに話しかけていた。

ラス・ツバイはすでに姿を消していたのだ。

不安な待機状態がはじまった……ネガティヴな存在になったポルレイターのあらたな攻撃を待つことになるのだろうか。ローダンはしゃがみこみ、からだを支えた。

これからの数時間がひどく長くなるのはわかっていた。

＊

ハリーにとって、もはや時間の経過はなかった。

技師はグレイの塊りのなかを漂っている。自分の生命は終わった。痛みもパニックもすでに感じなくなっていた。それらはすべて、避けられない現象に対するあらゆる抵抗をやめた瞬間、弱まっていった。

まわりで宙航士がまださまざまな現象に抵抗しているのか、そもそもかれらはまだ存在しているのか、まったくわからない。

奇妙にも、よりによってこんなときに、キャラモンという男のことや、〝ぶちのめされてもいい〟という、かれの悪態について考えてしまった。

ハリーの完全に混乱した精神に、正気を失ったような笑いがあふれた。

あのキャラモンはまさに、このとんでもない状況と同じくらい非現実的だ！　宙航士ふたりがエアロックにはいる前に、なんといっていたっけ……キャラモンはいつも〝サー〟という呼びかけをもとめていて、からだはほとんど代替品でできているとか？　心臓はすでになく、かわりに人工の装置がからだ全体にひろがっていて、そのおかげで相対的に不死なんだとか？

ハリーにとってそれは重要ではなかった。まったくどうでもいいことだった。

ほかの者も、そうなのだろうか？　パニックのあと、かならずこの段階が訪れるのだろうか？

それが、なんの関係があろうか！

ぶちのめされてもいい！　と、ハリーは思った。それどころか、真剣に考えていたかもしれない。だれか、この身に火をはなってくれ！

ハリーはくすくす笑った。この表現も、古代のヴィデオ映画で知った。ドンがときどき、スクリーンをうまく操作して映画をうつすのだ。あのキャラモンは、そこに出てくる、ブラスターを撃ちまくり、頭のおかしなことばかりする勇士にぴったりだろう。

この段階も過ぎた。その結果、抑鬱状態に襲われ、ハリーは喉がかれるまで叫んでいた。

その後、手を銃のグリップにあてて、この苦しみから自由になろうとしたとき、グレイの靄(もや)が晴れて、痛みとすさまじい不安が消えた。

ハリーはほかの者にまじって地面にすわりこんだ。わずか数メートル先にアラスカ・シェーデレーアが立ち、頭をかかえている。マスクの下から光がもれだし、かつてハリーが見たこともないほどはげしく明滅していた。

転送障害者の視線の方向を見て、ハリーはぞっとした。

活動体の前にペリー・ローダンとラス・ツバイがひざまずいている。そこから五百メートル左で、小型ドームが赤黒く燃えあがっていた。外壁には直径数メートルにおよぶ醜い穴が口をあけていた。外側にたわんだ縁のまわりを、青くちいさい炎が鬼火のように飛んでいる。

爆発したんだ！　という思いがハリーの頭をよぎった。

いまやっと、わけのわからない騒ぎのなかにまじる大きな声に気づいた。ダンが笑っている。ハリーは騒動が過ぎたのを理解して、自分でもおたけびをあげた。

アラスカとほかの五名がローダン、ツバイ、ポルレイターに駆けよった。《ラカル・ウールヴァ》からは、大型反重力グライダー三機が飛んできて、ハリーが到着したのと同時に着陸した。ローダンとラス・ツバイはすでに、活動体をグライダーに運ぶのに参加していたが、ほとんど力にならず、さらにふたりが協力することになった。

なぜこんなに苦労して作業するのだろう？　と、ハリーは考えた。ラスはここまでジャンプしてきた。ポルレイターを《ラカル・ウールヴァ》までテレポーテーションさせられるだろうに。

だが、ミュータントの顔を見て、すぐにハリーはわかった。ツバイには、もう自分自身さえジャンプさせる力はのこっていないと。

「艦へもどろう」ペリー・ローダンが力なくいった。「急ぐのだ！　グライダーに乗れ。敵があらたなバリアと幻覚フィールドをつくりあげるまで、どれだけ時間が必要なのかわからない！」

これほど〝敵〟という言葉を苦々しく発する者を、ハリーは見たことがなかった。

ハリーは急いでそばのグライダーに席をとった。

＊

クリンヴァンス＝オソ＝メグは艦の外被近くに設置された部隊用キャビンに運ばれた。そこでは非番の乗員が、大至急テーブルや椅子をどかし、寝台からクッションをとりのけて、活動体に充分な大きさの寝床を確保していた。

ペリー・ローダンは致命傷を負ったオソにつきそっている。アラスカ・シェーデレーアが司令室に要請していた医療ロボットも到着し、フェルマーとラスの状態をみていた。ロボットがオソに近づくと、ローダンは拒否するように手を振った。

ロボットはすでに助けにならなかった。オソ自身、治療の試みを望んでいない。すでに活動体を動かせる状態ではなかった……頭はかろうじて動いたが。こちらからのあらゆる質問に対し、得られた唯一の情報は、かれがあと数分しか生きられないということだった。負傷の原因についての質問に回答はなかった。

いまなおローダンは驚き、恐ろしい真実を口に出すのを拒んでいる……ポルレイターがたがいに攻撃しあっていたとは！

あるいは、ハリーが勘違いしていて、すべてはまったく異なるのか？

「あなたのためになにもできないのか？」ローダンはもう一度たずねた。答えはすでにわかっていたのだが。

オソの頭がすこしだけ動いて、ローダンのほうを向いた。活動体に痙攣がはしる。

「ペリー・ローダン」と、ちいさな声がいうのが聞こえた。「ペリー……ローダン、われわれ、阻止しようとしたのだが、ラフサテル＝コロ＝ソスとその支持者が、すでにほかを圧倒していた。われわれ、あなたがたを救うため、ズルウトおよび新モラガン・ポルドから去らせようとしたのだ。だが……不可能になった！」

なにが？　ローダンの頭をその短い質問がよぎったが、どうしても口にする気になれない。さらなる詳細が重要だとわかっていたが、オソの苦痛を強めるとわかっていてひるんでしまう。

ポルレイターはさらに話した。ひとつひとつの発言のあいだが長くなっていく。

ペリー・ローダンは、オソが死を前にして、自分を納得させたがっているのだと悟った。実際に負わせられたよりも苦痛になった重荷から、魂が解放されることを願っているのだ。

「ヴァワーレが失われたせいで……」という声を、人間たちと、いつのまにか到着していたダルゲーテン二名は聞いた。「この不穏な変化が……われわれに生じてしまった。われわれ……二百万年のあいだに、ポジティヴな本質をあまりに多く失ったのだ。なぜなら……さまざまな統合物体の保存のために、全エネルギーが必要だったから。ヴァワーレの消滅で、われわれ……ふたたびおのれを見いだすための、唯一の可能性を奪われた」

また活動体がはげしく痙攣した。

ローダンは助けをもとめるように見まわし、物質暗示者二名がようやくオソにかすかな希望をめばえさせたのがわかった。助けられる者がいるならば、それはこの二名だ。

オソは注意をまた自分に向けた。

「コロと……大半のポルレイターは、あなたがたをひきとめることに決めた。ここ……球状星団の中枢部に。あなたがたが……われわれのかくれ場の謎をもらすような恐れは、断じてあってはならないからだ。わたしは、あなたがたを信じるわずかな者たちとともにそれを阻止しようとした。われわれが……バリアや、あなたがたをズルウトから追いだそうとする作用を生じさせたのだ、ペリー・ローダン。だが……失敗した。あなたがたの艦船はいまや、ポルレイターの意志に抵抗してM-3を脱出することはできない。すまない……わたしは……これを望んでいなかった」

「おちつくんだ、オソ」ローダンは自分がいっているのを聞いた。実際はひとつの質問で心が焦がれていたのだが。

オソはかすかにそれを感じたようだった。最後にからだを起こして、声をはなった。

「フロストルービンというのは……ひとつの……ひとつの……」

オソの目から光が消え、ローダンの前で痙攣して倒れた。ローダンは、答えを二度と得られないと悟った。

オソは約束を守ろうとしたのだ。

なんということだ！ ローダンは臍をかむ思いだった。目の前には死んだ活動体が横たわっている。オソがクラタウのクリスタル統合物体から出てこのなかに移行した、あの運命的な瞬間の前と同じように。

目の前で命が消えた。二百万年以上もつづいた命が。かつてローダンは、オソの活動体が起きあがるのを見、ふたたび解放された者の感謝と活力から生まれた言葉を聞いたのだった。突然、ふたたび未来を得た生物の言葉を。

それが一瞬で消えた……なぜだ？　この犠牲の意味はなんだったのか？

ローダンは立ちあがり、アラスカと、ここに到着したロナルド・テケナー、ジェニファー・ティロン、グッキー、ジェン・サリク、カルフェシュのそばを通りすぎた。あえて語りかける者はいなかった。ローダンはダルゲーテンたちの前で立ちどまり、問いかけるように見つめた。

「われわれ、もはやなにも手を打てませんでした」ケルマ＝ジョがいった。「もっと時間があれば、違ったでしょうが。かれの活動体は内側から破壊されていました。数百万のちいさな寄生生物に食われたように。これはただの比喩であって、状況を説明したにすぎません」

「もっと時間があれば」サグス＝レトがつけくわえた。「原子構造をととのえられたでしょうが」

「この負傷の原因は戦闘によるものか、あるいは事故か？」ローダンはそれだけたずねた。

「両方ともありえます」

ローダンはうつむいたまま、そこをはなれた。ついていこうとする者はだれもいなかった。ローダンはひとりになる必要があった。痛みを克服し、多くのことを明確にするために。

オソとともに、ポルレイターのなかの最後の友が失われたとわかった……おそらく、完全に最後の友だ。

かつての偉大な種族の生きのこり二千名あまりは、実質的にネガティヴな存在に変化してしまい、ローダンが考えたくないようなことを艦外でしている。

ポルレイターたちは、あまたの苦い失望を経験し、二百万年間、統合物体のなかで苦しみ、かれらの魂、ヴォワーレがもはや存在しないと知ることになった。

憤って非難できようか？

どれほど見いだそうとしても……深淵の騎士の先駆的組織の高度な道徳的価値は、なにものこっていないようだ。

どこかで、《ラカル・ウールヴァ》の周囲にふたたびバリアがつくられたことを、ロボットを使って判明しようとしたのが聞こえた。

巨艦の長い通廊で、ローダンはだれにも会わなかった。《ラカル・ウールヴァ》と広大な盆地には、不気味な静寂がおりていた。

われわれは囚人だ！　という思いにローダンは襲われた。われわれと艦隊は！

《ラカル・ウールヴァ》の全乗員が、これが猛（たけ）りくるう嵐の前のしずけさだと気づいているようだった。

あとがきにかえて

若松宣子

今回、前半の「ポルレイターの秘密兵器」では、きわめて長い時を経て「現代」に蘇った男、キャラモンにグッキーがひとしきり説教をする場面がある。あまりに長く隔絶された環境で過ごしたためキャラモンの価値観は時代錯誤となっていて、彼は職務上の地位を越えて平等につきあう者たちの関係性にとまどい、有能な宙航士である「現代」の女性の扱い方にも困惑している。そんな彼に対してグッキーは、旧来どおりの「かわいい少女の役」や、あるいは反対に「母親の役」を女性に押しつけていないか、それは女性に対してひどく失礼なことだといって、つよく非難する。この部分を読んでいて、このグッキーの言葉には、女性である著者マリアンネ・シドウの思いが表わされているような気がした。

原作が出版されたのは一九八二年。八〇年代といえば、と思い出したのは、イリーナ

・コルシュノフの『ゼバスチアンからの電話』だ。こちらは前年一九八一年に西ドイツで出版された。今でも青少年向け小説の傑作のひとつに数えられる作品で、日本では福武書店で翻訳出版されていたが、最近白水社で復刊された。十七歳の少女ザビーネが恋をして、家族や勉強に悩みながら成長していく姿がみずみずしくリアルに描かれている。ザビーネは、横暴な父におとなしく従う専業主婦の母親に嫌悪感を抱いているのだが、自身もヴァイオリニストの恋人にふりまわされて、恋人の電話を待ち、母親と同じ生き方をしてしまう。ザビーネの一家は、父の意志により強引に郊外の農村に引っ越すことになる。ザビーネはそうして恋人から離されることによって、自分自身を見つめなおす。そして父のいいなりだった母親がとうとう父に抵抗して自動車の免許を取り仕事を始める姿を見て、ザビーネ自身もただゼバスチアンの電話を待つことをやめて、自分から電話をすることを決意するのだ。常に受け身だった母と娘が力強く自分の人生を歩きはじめる姿が心をうつ。

こうした作品が出版されていた一九八〇年代からすでに三〇年以上の時がたち、生活環境も人々の価値観も大きく変化したように感じるが、一方、シドウやコルシュノフの描いた女性の息苦しさは、残念ながら変わらず残っている部分もあるだろう。この拙文を書いている二〇一六年は、ふたりの女性政治家の言葉が大きな印象を残した年となった。

まずひとつめは、ヒラリー・クリントン前国務長官がアメリカ大統領選で敗北を喫した際に行った、十一月の敗北宣言スピーチだ。アメリカ初の女性大統領が誕生するかとも思えたが、大方の予想に反して実現には至らなかった。しかし選挙で敗北を認めた際の彼女の演説は、多くの人の心に深く刻み込まれたのではないだろうか。クリントン氏は、高くて分厚い「ガラスの天井」を今回は打ち破ることはできなかったが、いつか誰かが破ってくれる、と語り、若い女性たちに向かって、あなたたちには力があり、夢を叶える権利がある、正しいことのために闘うことは価値があることだと訴えかけた。

そしてもうひとつはドイツのメルケル首相がやはりアメリカ大統領選で、こちらは勝利したトランプ氏に贈った祝辞だ。メルケル首相は、当選おめでとうという言葉を述べた後、ドイツとアメリカは共通の価値観で緊密に結ばれている、つまり、民主主義、自由、人権と尊厳を尊重すること、人権と尊厳は、出身、肌の色、宗教、性別、性的嗜好、政治的思考にかかわりなく尊重されなければならない、こうした価値観を前提とするなら、トランプ氏とともに働きましょう、といったのだ。数分のごく短いスピーチで、表面的には何も問題のない美しい言葉に見えるが、トランプ氏のこれまでの発言を考えれば、その裏に痛烈な皮肉がこめられていることがわかる、宣戦布告といってもいいようなスピーチだった。

女性が男性から「かわいい少女」や「母親」役を求められることの多かった一九八〇

年代から考えれば、現代ではメルケル首相のように要職に就く女性もまれではなくなり、アメリカの大統領選に女性が出馬したということは大きな変化だと思う。まだ目に見えない「ガラスの天井」は存在しており、クリントン氏は、次世代を担う少女たちに夢を託すしかなかったが、言葉を武器に闘う女性たちの姿は多くの人を勇気づけたことだろう。

最後に今回、初登場の著者ホルスト・ホフマンの紹介を。一九五〇年、ドイツのケルン郊外ベルクハイム生まれ。マンガや映画などでSFに親しみ、同人誌で短篇を書き、一九七六年にはニール・ケンウッドというペンネームで作品を出版した。〈テラ＝アストラ〉、〈アトラン〉、〈オリオン〉シリーズに加わり、一九八二年より〈宇宙英雄ローダン〉シリーズの執筆をはじめた。〈ローダン〉シリーズを牽引したウィリアム・フォルツの死後、一九八四年から一九八七年には、プロット作家の役割も果たした。〈ローダン〉シリーズの作家名を作中に登場させるといったお遊びで話題となった一一一一話“Die Macht der Elf”「十一の力」の後、一時シリーズを離れたこともあったが、その後、二〇〇九年まで基幹作家として活躍している。

彷徨（さまよ）える艦隊
旗艦ドーントレス

The Lost Fleet: Dauntless
ジャック・キャンベル
月岡小穂訳

救命ポッドの冷凍睡眠から目覚めたギアリー大佐は愕然とした。なんと百年がたっていたのだ。しかも軍略に秀でた英雄にまつりあげられている始末。そんな彼に与えられた任務は、敵の本拠星系に攻めこんだものの大敗し満身創痍となった艦隊を、司令長官として無事に故郷へと連れ戻すことだった！　解説／鷹見一幸

はだかの太陽〈新訳版〉

The Naked Sun

アイザック・アシモフ
小尾芙佐訳

宇宙へ進出した人類の子孫、スペーサーたちは各惑星に宇宙国家を築き、鋼鉄都市で人口過密に悩まされている地球の人類を支配していた。数カ月前にロボット刑事ダニールとともに殺人事件を解決したNY市警の刑事ベイリは、惑星ソラリアで起きた殺人事件捜査を命じられるが……『鋼鉄都市』続篇。解説／久美沙織

ハヤカワ文庫

宇宙への序曲〈新訳版〉

Prelude to Space

アーサー・C・クラーク

中村 融訳

人類は大いなる一歩を踏み出そうとしていた。遥かなる大地オーストラリアの基地から、宇宙船〈プロメテウス〉号が月に向けて発射されるのだ。この巨大プロジェクトには世界中から最先端の科学者が参画し英知が結集された！　アポロ計画に先行して月面着陸ミッションを描いた、巨匠の記念すべき第一長篇・新訳版

宇宙への序曲 新訳版

アーサー・C・クラーク

中村 融◎訳

ARTHUR C. CLARKE

早川書房

ハヤカワ文庫

タイム・シップ〔新版〕

The Time Ships

スティーヴン・バクスター
中原尚哉訳

〔英国SF協会賞／フィリップ・K・ディック賞受賞〕一八九一年、タイム・マシンを発明した時間航行家は、エロイ族のウィーナを救うため再び未来へ旅立った。だが、たどり着いた先は、高度な知性を有するモーロック族が支配する異なる時間線の未来だった。英米独日のＳＦ賞を受賞した量子論ＳＦ。解説／中村融

ハヤカワ文庫

訳者略歴　中央大学大学院独文学専攻博士課程修了，中央大学講師，翻訳家　訳書『兄弟団の声』マール，『難船者たち』フランシス＆マール（以上早川書房刊）他多数

HM=Hayakawa Mystery
SF=Science Fiction
JA=Japanese Author
NV=Novel
NF=Nonfiction
FT=Fantasy

宇宙英雄ローダン・シリーズ〈538〉

ポルレイターの秘密兵器

〈SF2113〉

二〇一七年二月十日　印刷
二〇一七年二月十五日　発行

（定価はカバーに表示してあります）

著者　マリアンネ・シドウ　ホルスト・ホフマン
訳者　若松宣子
発行者　早川浩
発行所　株式会社早川書房

郵便番号　一〇一 - 〇〇四六
東京都千代田区神田多町二ノ二
電話　〇三 - 三二五二 - 三一一一（大代表）
振替　〇〇一六〇 - 三 - 四七七九九
http://www.hayakawa-online.co.jp

乱丁・落丁本は小社制作部宛お送り下さい。
送料小社負担にてお取りかえいたします。

印刷・信毎書籍印刷株式会社　製本・株式会社川島製本所
Printed and bound in Japan
ISBN978-4-15-012113-6 C0197